靠死亡遊戲混飯吃。

「3」

鵜飼有志

插畫 ねこめたる

U0082096

Kadokawa Fantastic

給現任總裁的
繼任資料概要

營運狀況十分順暢。一帆風順，一路順風。利潤與組織規模皆穩定成長。一度驟減的玩家人數也已經補充至更甚以往，短期內不會有問題。

值得一提的是，給予完成者額外獎勵的告知已經停止。幾乎所有玩家都是為了金錢或遊戲本身參加遊戲，然而停止後的完成次數卻有上升趨勢。究竟是單純玩家技術進步，還是停止告知所造成的正面影響，仍無法辨別。目前尚不準備再次公布，暫且靜觀其變。

●REC
靠死亡遊戲混飯吃。
鵜飼有志
插畫―ねこめたる
3
20:23:04:25
Kadokawa Fantastic Novels

CONTENTS

跨過高牆後，只會見到跨過高牆的人。

0. ONE FINE DAY（第40次）

（0／10）

幽鬼醒來，發現自己在遊樂園。

（1／10）

大量遊樂設施圍繞著她。

除了摩天輪、旋轉木馬、卡丁車、咖啡杯等人人都叫得出名字的，還有坐飛機繞圈圈那種叫不出名字的。也有幽鬼知道名字但一時想不起像鞦韆一樣搖晃的船，投一百日圓可以騎著慢慢走的電動騎乘動物等。往遠處看，有鬼屋和看似高空彈跳用的高台，雲霄飛車的軌道穿梭在這些遊樂設施之間。不管從哪個角度看，都是三歲小孩也不會認錯的遊樂園。

幽鬼就躺在這裡面。

她看向自己，身上穿的是深藍色外套，學生制服的一種。幽鬼現在是真正的高中生，但那外套並不是她學校的制服，一點印象也沒有，可是她對選用制服的原因倒是心裡有數。據說這個世界上，有不少學生在校外教學以外也會特地穿制服去遊樂園。幽鬼覺得頭上怪怪的，覺得不妙伸手一摸，果然是遊客會一時興起買的那種有誇張蝴蝶結的髮箍。幽鬼很想拿掉，可是考慮到那可能是重要物品就留著了。

幽鬼開始在遊樂園內行走。

這麼多的遊樂設施，沒有一個在運作。凝視再久，摩天輪也沒有轉動，旋轉木馬上沒有一顆燈泡亮著，繞圈圈的飛機連龜速運轉也沒有。別說看不見開心奔跑的孩子，連一個人都找不到。可是幽鬼相信，這裡頭一定有人。先不論是敵是友，這麼大的遊戲場地，不會只有她一個。

幽鬼是在遊樂園中醒來。

但她並不是在遊樂園裡睡午覺。她小時候去過遊樂園的次數，用一隻手就數得出來，說穿制服和朋友一起嬉鬧的事根本沒有過，更別說戴這種髮箍了。這狀況下的一切，都並非幽鬼所願。

就只有參加這件事，是幽鬼自己的意思。

幽鬼是自願參加這遊戲的。

這是一場死亡遊戲。

（2／10）

本名，反町友樹。

玩家名稱，幽鬼。

她是死亡遊戲的玩家。在她使用「幽鬼」這名字——代表亡靈名字的世界裡，幾乎沒有半點所謂倫理等人類耗費上萬年培養出的品行。會有鋸子切斷玩家手腳、鑽頭捅破玩家肚子、把玩家從幾百公尺的高空砸在地上，甚至將玩家剁碎到看不出原本是人，玩家之間也會互相憎恨廝殺。同時找一群唯恐天下不亂的「觀眾」來看戲，收取觀賞費。這就是幽鬼等玩家所處的世界。

而幽鬼要在這樣的世界裡挑戰破關九十九次。立下此目標的原因有些複雜，這裡就不多解釋了。總之幽鬼在這樣血路上不停往上爬，在前陣子終於達成目標的三成——三十次破關。這業界甚至有個詞叫「三十之牆」，明示破關三十次的難度。

幽鬼跨過這難關後，無疑是成為了頂尖玩家的一員。

遊戲次數超過三十次的她，在這裡一點也不緊張。不知不覺被送來這個遊樂園主題的遊戲場地，每次都會換上很像角色扮演的服裝——這次是學生制服——都嚇不了她半分，也能預測到玩家不只她一個。用到遊樂園這麼大的場地，玩家多半有幾十人。

不出所料，幽鬼走沒幾分鐘就遇到了。

「妳好。」

幽鬼舉手打招呼。

掌心朝向一群玩家。和幽鬼一樣，全都是女孩子，且全都身穿制服。髮箍則是有人沒有，約一半一半。整個畫面感覺就是一整群瑰麗的女高中生，但或許是因為她們也是來參加死亡遊戲的，並不是嬌花。

「嗨。」

一名玩家回應道。

「好久不見。」

是個身材很高的女人。

幽鬼已經算偏高的了，對方比她更高。據她本人說，國中就已經超過一八〇，現在快兩百。但這麼高的她形象並不瘦弱。她勤於鍛鍊，有一副與身高相當的體格，長寬高都像是個直接放大的普通人，只是穿著制服外套看不太出來罷了。和其他玩家擺在一起，感覺像錯視裝置一樣怪。

名字叫做真熊。

與幽鬼見過面，和她一樣是這遊戲的常客。

「好久不見。」

對幽鬼來說，抬頭說話的經驗實在頗為稀有。

「狀況怎麼樣？」真熊低聲問。

「還不錯，這次是四十次大關。」

「是喔……所以妳已經跨過『三十之牆』了。」

「那真熊妳怎麼樣？過三十了嗎？」

上次遇見，她是二十次。而兩人已經「好久不見」，如果有定期參加遊戲，超過三十次是很正常的事。

不過真熊揚起嘴角，說出意料外的數字：

「都過四十次了，前不久的事。這是我第四十一場遊戲。」

不知不覺被她超越，讓幽鬼很吃驚。幽鬼這場是第四十次，也就是過關次數還是三開頭。

「其實啊，還有更厲害的喔。」

真熊又說：「永世也來了，這次好像是第四十五次。」

她豎起拇指往後一比。

有個細瘦的玩家獨自站在玩家群外。

見過真熊以後，她看起來更瘦了。頭髮像棉花糖一樣輕盈，表情像早年的文豪，彷彿總是在想些艱澀的事，將幽鬼戴的那種令人害羞的髮箍拿在手上查看。

她的名字叫做永世，是這個遊戲的常客，幽鬼曾見過她兩次。

觀察了一陣子後，幽鬼和永世對上了眼，但沒有交談。永世默默點頭致意，幽鬼也以相同方式回應。

「已經有三個破三十的了耶。」幽鬼說。

「最近玩家變多，這是正常的啦。」

在這個失敗一次就會導致死亡的遊戲裡，破關次數達三十的玩家並不多，原本在同一遊戲裡出現三個的情況是十分稀少。

可是到了最近，這樣的機會變多了。如真熊所說，玩家人數變多了。這業界已經撫平了掀起狂瀾的遊戲「CANDLE WOODS」所造成的傷害。

「對了，這次遊戲規則是怎樣？」幽鬼問。

「喔，分類上是求生型——」

（3／10）

真熊說明的規則如下。

有多名穿布偶裝的「劊子手」在遊樂園裡遊蕩，配備了刃器、槍械、爆裂物等充滿殺意的道具。玩家需要在一定時間內設法逃過他們的襲擊。

要在一定時間內生存下去，也就是求生型遊戲。不過由於有三名超過三十次的玩家加入，遊戲沒有發展成那樣。玩家不只是逃，還會奪走「劊子手」的武器予以反擊。不僅是玩家，「劊子手」的數量也在隨時間減少，最後是後者先全數陣亡。

遊戲設定時間還沒過半，遊樂園內就沒有任何事物能夠威脅玩家了。

就這樣——她們輕輕鬆鬆完成了遊戲。

（4／10）

遊戲結束後，玩家的去向大致分為兩種。

第一是送醫。從遊戲裡對性命毫無保證來看，玩家在遊戲外所能獲得的援助實在極為溫厚。凡是在遊戲內受的傷，都會以現代醫療的最尖端技術給予治療。

幽鬼沒有受到值得一提的傷，走的必然是另一條路，也就是坐上專員駕駛的車，悠哉回家。

「恭喜您完成遊戲。」

專員一發車就對幽鬼這麼說。

「我是誠心誠意向您祝賀，就像自己完成的一樣高興。」

「……謝謝妳。」幽鬼回答。

破關四十次。過去交戰過的大小姐就是這個數字。雖然沒有第三十次——「三十之牆」那次那麼難，然而四十次在幽鬼心中仍是有一定難度的目標，是值得

祝賀的紀錄。

可是，幽鬼臉上卻沒有達成紀錄的喜悅。

因為她覺得太簡單了。第四十場遊戲沒有「三十之牆」那樣的魔咒，輕易過關並不奇怪，但幽鬼卻無法釋懷。

這麼順利是好事嗎——

「對了，幽鬼小姐，您想去哪裡？」

專員問：「您是要回家，還是去找『那個人』？」

幽鬼往左手看。

她的左手顏色淡得像沒有血液流通一樣。事實上，中指到小指的共三隻手指，還「真的沒有血液流通」。在第三十次遊戲——「GOLDEN BATH」裡，幽鬼失去了左手的中指到小指，後來用人造物補了回來。

「那就後者吧。」幽鬼回答。

（5／10）

幽鬼是在第二十次遊戲聽說「義肢」的存在。

這業界中，有個以製作義肢維生的「師傅」。遊戲的主辦方有提供醫療援助，能治癒遊戲造成的大部分傷害。可是手被吃掉、腳被炸掉等無法治療的傷勢還是很常見。為了滿足玩家受了這種傷也仍想繼續遊戲的需求，世上出現了專門打造義肢的師傅。幽鬼是從一同參加遊戲的玩家聽說這件事。

遇見受義肢照顧的實例，是第二十三次。

那是場以宮廷為場地的遊戲。玩家穿著輕飄飄的旗袍互相鬥毆，其中一個手腳特別硬。一問之下，才知道她的手腳不是由蛋白質構成，同時動作又靈活得不像模造品，幽鬼費了很大的勁才打倒她。

後來，幽鬼在第三十次過後開始需要義肢。

因為一次可笑的失誤，她失去了左手中指到小指。不過是三根指頭，不會對日常生活造成障礙，但是對遊戲就不敢這麼說了。在非死即生的戰場上，少了三個棋子的事實可是個嚴重的問題。她不認為自己在這樣的情況下能夠參加第三十一場遊戲，有需要在戰鬥感官生鏽之前儘快取回手指。

於是幽鬼去找義肢師傅了。

所幸對方爽快答應下來，幽鬼的中指到小指很快就變得跟原來一樣長。師傅的手藝名不虛傳，義肢效能居然不遜於原來的手指。能稱得上問題的只有兩點，一是需要定期找師傅保養。

第二是，那位師傅住在遠離人煙的森林深處。

（6／10）

森林原始到會忍不住笑出來。

搭了好幾小時的車，一直到柏油路消失不見，屁股跟後座快融為一體才總算抵達。幽鬼這才想起日本是森林大國。人類看似掌控了世上的一切，到頭來也只是在自然的夾縫間求生存罷了。森林之深濃，甚至讓幽鬼發起如此狂妄的感想。

裡頭有間房子。

那是一棟歷史課本上才看得到的那種無比浪漫的西式建築。房子周圍闢成了平地，門前有條經過鋪設的路。專員停車的位置離房子有一小段距離，沒有直接停在門前。

因為不得不那麼做。

「——看來不只是我們而已。」

專員說道。

門前停了另一輛黑頭車，和幽鬼的專員接送她的是同一車款，表示來找師傅的是另一個玩家。

「以時間點來說，也是這次遊戲的玩家吧。」

「不曉得……我不記得有誰受傷。」幽鬼回答。

就幽鬼的觀察，參加遊樂場遊戲的玩家——無論永世、真熊還是其他人，都是從頭到腳皆為肉身。不過這次的服裝包覆度很高，觀察結果不太可信。再說義肢師傅的作品極為精巧，沒認出來也不奇怪。

總之，去了就知道。幽鬼打斷思考。

「那我走啦。」幽鬼下了車。專員擺擺手，目送她離開。

這裡不必顧慮宵小，門沒上鎖，幽鬼直接就進去了，走過充滿歷史風情的走廊。她已經來過好幾次，腳步一點也不迷惘，很快就來到目的地門前，敲了幾下。

沒人回答。

會是不在嗎？幽鬼開門進房。

裡頭是工坊。不過窗口提供了光線，這房間幽鬼同樣也來過好幾次，行走是一點問題也沒有。東西擺滿了整個房間，簡直像個倉庫。但給人的印象並不雜亂，反而整齊過了頭。譬如工作台上的工具全是平行擺放，櫃子的間隔就像特地量過一樣均等。地上麻袋的塌痕全都相同，簡直是複製貼上。就連每個小東西的位置，都清楚散發出屋主的意志。這讓幽鬼覺得頭皮發麻，好像擅闖了結界一樣。她小心地盡可能不碰到任何東西，往深處走。

房間最深處還有一扇門。

裡頭是師傅的私人空間。如果他不在工坊，那就是在這裡。幽鬼豎起耳朵，從房裡感覺不到動靜。有可能在睡覺，於是幽鬼敲門發出點聲音，但仍舊沒反應。覺得他這次真的不在，想開門看看時——

「哇啊！！！」

旁邊爆出彷彿要壓垮人的大喊。

「呀啊！」幽鬼嚇得跳了起來。

（7／10）

幽鬼騰空的雙腳重回地面的同時，房間也亮燈了。

「哇哈哈哈！完全被我嚇到了吧，小姐。」

幽鬼看著面前的東西，愣愣地眨眼。

那是個麻袋。

比裝咖啡豆或當沙包用的那種袋子稍大一點，而且是立在她面前，劇烈前後搖擺並哈哈大笑。裡面有人。

麻袋站的位置旁邊牆上有個開關。幽鬼想到那大概是用來開燈時，麻袋已經露出了內容物。

那是個像矮人一樣的大叔。

他的個子很矮，不到幽鬼的胸部，搞不好連一公尺也沒有。但肌肉極為發達，體重說不定比幽鬼還重。鬍子長得讓人聯想到廟會的抽繩籤。哇哈哈的笑法，剛剛聽見了。

「……師傅好。」

幽鬼先打聲招呼再說。「喔，妳好。」大叔回答。

「那個……你怎麼會在那裡面？」

幽鬼看著變成空殼的麻袋說。麻袋雖大，仍不足以容納一個人，真虧他鑽得進去。

「想嚇嚇妳們嘛。」大叔豪邁地笑。「我進來就看到那個袋子，突然想演個戲這樣。哎呀，我反應也真夠機靈的。」

幽鬼手按心臟，還跳得很快。已經不曉得多少年沒有那樣尖叫了。真的是被嚇得亂七八糟。

完全中招了。在大叔出聲之前，幽鬼完全不覺得那裡有人。真不愧是跟那麼多玩家打過交道的人。

這個從頭到腳都非常有那個感覺的人正是義肢師傅。沒人知道他的本名，總是要別人叫他大叔，不過幽鬼一貫稱呼他為「師傅」。儘管他給人感覺有點輕浮，手藝卻是貨真價實，多年來幫助許多失去肉體的玩家重回遊戲。聽說那個殺人狂和幽鬼的師父白士，都受過他的照顧。不過幽鬼實在很難想像那兩人與這位大叔對話的情境——

「那……妳是那個吧，來保養手指的。」

經他一提，幽鬼才想起自己的目的，回答：「啊，對。」

「前不久才來過而已，很仔細喔。這是好事。」

大叔說得沒錯，幽鬼上次遊戲結束後才來過，比定期維修的日子還早得多。這並不是因為幽鬼特別認真，只是為了安心。因為這次過得實在太輕鬆，不踏穩一點會讓她胡思亂想太多。

「最近生意怎麼樣？」大叔問。

「很不錯，這次是第四十次。」

「啊～四十次啦。恭喜啊。」

幽鬼以高興不起來的表情回應大叔的祝賀。

這時，她想起門前另一輛車的事。

「外面還有一輛車，是有其他人來了嗎？」

「嗯？有啊。呃，名字叫做……」

大叔摸摸下巴說：

「對了對了，叫做藍里。認識嗎？」

（8／10）

大叔請幽鬼去他房間等，幽鬼便照辦了。

房裡只有最底限的家具，一張單人床，一組桌椅，沒了。大叔因為個子矮，椅子是兒童高度，有個人很窘迫地坐在上面。

是個有藍色眼睛的女孩。

表情灰暗得像是受夠了世上每一件事一樣。除了頭髮更長，神色成熟了些以外，幽鬼認得那張臉和那雙眼睛。

那女孩——藍里，也在幽鬼進房時看過來，隨後眼睛睜大到能看見周圍的紅色部分。

「幽……幽鬼？」藍里問。

「……嗨。」幽鬼打聲招呼。

沒有錯，是藍里。和幽鬼一樣，是「CANDLE WOODS」的倖存者。

「CANDLE WOODS」是幽鬼第九次遊戲，也是記錄在她人生第一頁的遊戲、創下最多參加者紀錄、最低存活率紀錄的遊戲。可怕的殺人狂伽羅殺紅了眼，把玩家幾乎都殺光了，幽鬼的師父白士也包含在內。那場遊戲的倖存者，只有這裡的幽鬼和藍里兩個。

此後的遊戲中，幽鬼從沒遇過藍里，還以為她退休了呢——

「好久不見。」

「好久不見。」

幽鬼試著把對話接下去，將著眼點放在藍里頭部的變化上。

「妳頭髮變好長喔。」

在幽鬼的記憶裡，她還是短髮，現在長多了。「CANDLE WOODS」距今約莫一年半，大概是都沒剪吧。

「很好看喔。」

「謝謝妳。」藍里回答。

「是有什麼寄託嗎？希望能夠活下來之類的……」

「啊，沒有，不是那樣……」藍里摸著頭髮說：「有玩家跟我說，頭髮留長一點會比較有『觀眾緣』，獎金會變高……」

「……這樣啊。」

遊戲的獎金是由「觀眾」所支付，玩家受歡迎的程度與獎金直接相關。如同世間男子大多喜歡長髮飄飄的女孩子，「觀眾」亦如是。

「總之，很高興看到妳很好。」幽鬼試著換個話題。

「嗯……不過，有一部分不太好就是了。」

藍里垂下雙眼。

那藍色的視線，指向了她的雙足。兩隻腳前端都「圓圓地」，沒穿襪子也看不見腳趾。

「是在前不久的遊戲裡斷掉的。」

藍里說道：「場地是雪山。過關本身沒什麼問題，可是雪下得太大，拖了很久才來接我們回去……」

「……是喔。真倒楣。」

「真的是受夠了。」

這句話有點耳熟。兩人在「CANDLE WOODS」相遇時，她好像也說過這種話。

「結果妳還是繼續玩了呢。」幽鬼說：「上次遇見妳，妳不是說再也不想跟這遊戲扯上關係嗎？」

「我現在也是這樣想啊。只是我找不到更讓人『心動』的工作，只好繼續玩下去。然後也停不下來，不知不覺就超過三十次了。」

幽鬼很吃驚。原來她已經跨越「三十之牆」了嗎。

「最近，這樣的女孩子變多了呢。」是大叔的聲音。幽鬼和藍里兩人的視線都轉向手拿工具箱進門的大叔。

「『CANDLE WOODS』那時候，我還擔心了一下。不過看樣子，整個業界已經從創傷中復原了，真是太好了。客戶變多，我也很高興。」

「……我自己是高興不太起來啦。」藍里說。

「為什麼？」大叔問。

「玩家變多……那就表示說不定很快又會大減。最近恐怕會出現『CANDLE WOODS』那樣的遊戲。」

幽鬼覺得這樣想很悲觀。

可是幽鬼自己也有類似的想法。在這業界，聽說「和平」或「順利」才反常。現在這種狀況怎麼看都是暴風雨前的寧靜。想到會有第二次「CANDLE WOODS」，使幽鬼毛骨聳然，更甚於對戰殺人狂那時。當時都是過一關算一關，現在不同了。拚了這麼久，害怕累積四十次的紀錄一夕之間化為烏有的恐懼，也堆得很高了。

（9／10）

幽鬼做完了義肢的保養。

作業中沒有發生忍者闖入、意外切除正常手指之類的事件，結束得非常平靜。

但幽鬼依然帶著籠罩心頭的烏雲離開。

這片烏雲，只能等待時間使它散去。

又過了一個月，頗不吉利的第四十四次遊戲——「CLOUDY BEACH」，給幽鬼帶來了下一次考驗。

在那裡，幽鬼被迫全力戰鬥。

對象是應已死在「CANDLE WOODS」的那個玩家的後繼者。

（10／10）

幽鬼個人對「師傅」的認識

主辦方的醫療並非萬能。在「防腐處理」的影響下，玩家受的傷幾乎能在遊戲結束後完全治癒，但救不回來的狀況也不少。為了滿足某些玩家在受到不可逆創傷後也能繼續遊戲，幕後有專門打造義肢的「師傅」。

「師傅」並非隸屬於主辦方，純粹是第三方業者。死亡遊戲市場牽涉到的金流不小，自然有許多週邊生意等著撈油水。幫助玩家回歸對經營有益，所以「師傅」與遊戲是半公認的共生關係。不知為何，主辦方未曾主動提供義肢。或許是認為超出工作範圍，或交給市場自由競爭會更好也不一定。

舉世工匠手藝各有優劣，在義肢這方面也不例外，且有收費高低之分。以幽鬼的「師傅」——大叔而言，作品性能幾乎與原來肢體無異，包君滿意。至於價格就別太計較了。

雖然「師傅」提供了主辦方所沒有的服務，但也不是萬能。某些精密器官是根本無法修復，就算補得起來，幽鬼也不認為整體來看會勝過原生器官。工具必定會往某個用途特化，而特化就表示在其他方面會出現缺陷。

1. CLOUDY BEACH（第44次）—— 第一天

（0／11）

敲門聲喚醒了幽鬼。

（1／11）

幽鬼總是在遊戲開始後才醒。

專員接送玩家往返遊戲場地時，總會讓她們服下安眠藥，以免透露場地位置，且藥效是好得誇張。即使都要參加第四十四場了，身體還是沒有產生抗藥性。這次幽鬼也睡得不省人事，活像剛開始獨自生活的大學生。

可是，那並不等於毫無防備。即使睡著了，腦袋裡也有個角落始終警戒。周圍一有聲響，就會立刻醒來。更別說是敲門聲——故意製造出來給人聽的聲音了。

幽鬼爬了起來。

這裡是個木造房間，大小與幽鬼上的夜校教室相近。在這個由木板鋪設的地板、牆壁和屋頂區隔出來的空間裡，設有廚房、廁所、淋浴間等設施，還有冰箱、櫥櫃、桌子、沙發、地毯、幽鬼所躺的床等一式家具。幽鬼看著同樣木製的床架，思考該如何稱呼這種房間。有原木屋、度假屋、別墅、小屋或小木屋等，最後還是選擇小木屋。幽鬼很快就察覺小木屋蓋在海邊，因為除了能聽見浪潮聲，窗外也是一片湛藍。

幽鬼是在敲門聲中醒來。

——應該是這樣沒錯。但那是剛醒時的事，幽鬼不敢肯定真的有這回事。過了不久，又響起了一陣用力的敲門聲，明顯是想叫醒屋裡的人。看來不是幻聽。

有人在門前，難以斷定是敵是友，可是不開門也無從得知。於是幽鬼下了床，來到同樣木製的門前，戒備著敲門者等門一開就開槍的可能，小心開門。

見到的是——

「咦。」「咦！」

幽鬼的聲音和訪客的聲音重疊了。

對方竟是藍里。有雙美麗的藍色眼眸，一臉薄命的女孩。她跟幽鬼同樣是

「CANDLE WOODS」的倖存者，上個月才第一次重逢。

「……嗨。」

幽鬼打了和上次一樣的招呼。

「……又見面了呢。」藍里回答。

幽鬼不知該怎麼接話，先觀察藍里。

她大方展示著一身陶瓷般的肌膚，平口的露肩泳衣往下一拉就能脫掉。沒打赤腳也沒穿拖鞋，是雙足都完整包覆的海灘鞋。

「那個……妳穿這樣也滿好看的。」幽鬼先姑且這樣說。

藍里愁眉苦臉地摸摸泳裝。

然後說：「妳也是啊。」

這時幽鬼才注意到自己的服裝。以緊貼身體的材質製成，款式與藍里不同，且包覆面積頂多只有皮膚面積的一成。

這就是這次遊戲的服裝。

場地在海邊，所以是泳裝。

（2／11）

出了小木屋，和煦陽光傾注在幽鬼身上。

眼前是一大片白色沙灘，以及蔚藍的汪洋。陸地上生機盎然，鮮明的綠色彷彿欲與藍白爭豔。對不曾涉足旅遊勝地的幽鬼而言，這完全是只有在照片中見過的美景。天上雲色略濃，從現在距離遊戲開始沒多久來看，幽鬼認為現在是早晨時段。

小木屋建在淺灘上，幽鬼跟著藍里走，嘩啦啦地踏過淹過腳踝的海水走上沙灘，沿著水邊繼續走。

沙灘上不只一棟小木屋，總共八棟，以等間隔一字排開。幽鬼的在最右邊。

藍里指著往左第二棟——從右邊數來第三棟說：

「我的是那棟。可以當作每個玩家一棟吧。」

「總共八個玩家啊……」幽鬼看著八棟小木屋這麼說。

藍里的手指又往左移了兩棟。

「那棟裡的玩家叫古詠，有見過嗎？」

陌生的名字使幽鬼搖了頭。

「我和那位古詠是最早醒的，在沙灘上走著走著就遇到了，然後我們分頭叫醒玩家……啊，剛好出來了。」

藍里視線所指之處——最左邊的小木屋走出兩名玩家。由於與對方相隔一段使人小如豆粒的距離，所以看不清長相，只能從膚色面積得知她們也穿著泳裝。

兩人往旁邊的小木屋走。

「古詠往左邊叫，我往右邊叫。我們快走吧。」

藍里加快速度，幽鬼也跟上。

幾分鐘後，兩人來到右邊第二棟小木屋，藍里敲了敲門。對方已經醒了的樣子，很快就來開門。

是個有如小學生的玩家。

穿的是與印象相符的連身裙式泳裝，面無表情，像人偶一樣，氛圍空靈得彷彿隨時會飄走。

「打……打擾了。」

藍里嘗試與少女對話。

「妳好，我是藍里。」

少女以似乎會射出光束的強力視線注視藍里，不久轉向幽鬼，幽鬼便在這時說：「我是幽鬼。」

「日澄。」

少女這樣說完就不再開口。

日澄——是玩家名稱吧，看來不擅言詞，活脫脫的「神祕少女」。幽鬼和她是第一次見，不過這類人倒是有遇過不少次。這業界吸引了各式各樣的邊緣人，有怎樣的人都不足為奇。

藍里告訴日澄，她們要請玩家先集合一下，請她走一趟。而她也點了頭——踏著搖搖晃晃的腳步——老實跟來了。就此增為三人的隊伍，她們略過了下一棟小木屋，因為那是藍里的。

再下一棟裡的，是繼藍里之後，第二個幽鬼認識的玩家。

「唔喔……」

那位彎腰過門的玩家，使藍里整個人都愣住了。

那是真熊，身材比小木屋的門還要高大的巨型玩家。和先前三位一樣，身上穿泳裝，露出她千錘百煉的胴體。幽鬼儘管沒像藍里那樣叫出來，仍被那壓迫感逼退而有點不甘心。跟她對打，感覺三秒就會變成肉醬。

「什麼事？」

真熊看著藍里說。

藍里從真熊分成好幾塊，感覺摸一整天都不會膩的腹肌別開眼，說道：

「沒什麼，就只是想先讓玩家集合一下，妳願意來一趟嗎？」

真熊答應了。這下隊伍增為四人。

幽鬼一行走上沙灘，便見到另一邊也有個四人組走來。那是古詠和她叫來的玩家吧。

帶頭的——應是古詠的人物轉向幽鬼這邊，伸手指向她們旁邊的小木屋。那是左起第四棟——古詠自己的小木屋。隨後，隊伍就走了進去，看來是要她們過去集合的意思。

一行人就此往古詠的小木屋走，路上幽鬼說：「真熊啊。」

「嗯？」

「這是妳第幾次？」

「四十三。過四十二次了。」

這數字讓幽鬼笑了。「我是四十四。」

「不會吧，被超車了。」

真熊顯得很不甘心。雖然幽鬼不會因為破關次數多就要大牌，但還是有點高興。

「那個叫藍里的好像也三十次嘍。」

幽鬼看著走在前面的藍里說。

「我知道。」真熊回答：「她第三十次那場我也在。」

「咦，這樣喔？」

原來她們不是第一次見。

「那次很慘。場地是雪山山莊，要跟矮矮胖胖的雪人打。遊戲本身沒什麼，問題出在打完以後。那些個專員因為風雪超過預期，沒辦法來接玩家，叫我們在那乖乖待幾天。然後一等就是三、四天，水跟糧食愈來愈少，最後玩家自己就為了搶東西廝殺起來了。我遇過很多人的『三十次』，第一次遇到這種的。我看她根本就是天煞孤星。」

「呃……我懂妳的意思。」

幽鬼表示同意。

「我那時候也是這樣。她是『CANDLE WOODS』的倖存者喔。」

真熊吃了一驚。「真的？」

「真的。那好像是她第一次參加，被分到『樹墩』那邊……就是比較不利的那邊，最後還是活下來了。老實說那一次真的很危險，不過她好像有一種絕對不要死的感覺。」

「算她命大吧。」

說到這裡，走在前面的藍里轉了過來。眼神不至於生氣，也沒有瞪她們，不過充滿了「夠了吧？」的意味，幽鬼和真熊便乖乖閉嘴。

「這樣就有三個過三十的耶？」幽鬼換個話題。

「不，有四個。」

真熊說：「沒看到嗎？剛剛永世在那裡面。」

永世，頭髮蓬鬆輕盈，一副學者樣的女孩。上次遇到時，她已經破關四十四次——比幽鬼和真熊現在的紀錄都還要高。

她似乎就在先前的四人組裡。隔了點距離，再加上她造型不太顯眼，幽鬼沒注意到。

「都有四個了，可能還有更多個。這個小不點幾次了？」

真熊往小學生般的神祕少女——日澄看去。她不僅沒答話，臉還朝著不相干的方向，眼睛根本沒對上。

大概是放棄溝通了，真熊轉向藍里。

「那個叫古詠的呢？」

「我沒問過她破關幾次……不過她的玩家資歷應該很長沒錯。」

「看來是不打算讓我們輕鬆贏了。」

八名玩家中，至少有四名超過三十次。究竟該當作可靠還是可怕呢。假如這次是對戰型遊戲——以玩家之間的競爭為前提的遊戲——就得和這麼多超過三十次的專家對戰，設法爭取存活名額了。

說不定會需要和根本不把「CANDLE WOODS」或「三十之牆」當一回事的命大玩家，或是體格壯碩到光對上就想認輸的玩家拚個你死我活。

（3／11）

一如既往，藍里在古詠的小木屋前敲門。

「自己進來。」

聲音沙啞，像是歲數不小了，剛才那四人裡有這樣的玩家嗎？就算有，她真的能負荷這麼危險的遊戲嗎？總之門沒鎖，幽鬼幾個進去了。

裝潢和幽鬼的小木屋一樣，已有四名玩家圍坐在房中央的桌子旁。

其中一個幽鬼見過。

就是永世。

真熊說得沒錯，她真的也在。仍有著棉花糖般的頭髮，以及學者樣的沉著表情。泳裝上披著浴袍，看起來頗有實驗袍的感覺。

其他三人幽鬼都很陌生。一個在喝大概是從冰箱拿出來的彈珠汽水，一個顯得惶惶不安，另一個感覺年紀大很多。

「坐下吧。」

感覺年紀大很多的女子說道，聲音和先前的菸嗓一樣。幽鬼、藍里、日澄、真熊等四人各自找位置坐下。

「先從自我介紹開始吧。」

這裡八個人中，有三個在過去的遊戲和幽鬼見過。其他玩家也看似或多或少有些交集。由於一一去問誰認識誰太麻煩，八人便按照這遊戲的慣例，開始自我介紹起來。

晚到的幽鬼幾個自願先介紹。幽鬼說出自己的玩家名稱，以及這是第四十四次遊戲；真熊和先前說的一樣，這是第四十三次；幽鬼知道這次是藍里第三十三次。原以為會聽到日澄的次數，結果她和剛見面時一樣，只說了名字就結束了。

棒次來到其餘四人。

「從我開始吧。」

又是那位菸嗓小姐。

「我是古詠，這是第二十次。請多指教。」

是個感覺很滄桑的玩家。

外觀約二十來歲，肌膚沒有一點皺紋，也沒有白頭髮，更沒有老人臭，完全是個健康的年輕人。可是不知為何，渾身都散發著老婆婆的氣場，說是靠沐浴處女鮮血維持美貌，其實已經一百二十歲了也會信。和這次遊戲的服裝——海女穿的那種棉襖非常搭。

古詠以包打聽般的眼神往幽鬼看。

「妳叫幽鬼是吧？我聽說過不少妳的事喔。」

「……？我們有見過嗎？」

「沒有直接見過，不過妳的『師父』跟我聊過妳的事。」

這話甚至讓幽鬼一時吸不上氣。

幽鬼的師父，玩家名稱白士，是破關九十五次的傳說級玩家，幽鬼有段時間曾在她門下接受指導。這遊戲裡常有這樣的師徒關係。

古詠聲稱自己是從白士那聽說幽鬼的事，可是這樣不合理。畢竟——

「那是什麼時候的事？因為師父她……」

白士已經不在人世了。

喪命於幽鬼的第九場遊戲——「CANDLE WOODS」中。被殺人狂親手解體，甚至扒開了每一根肋骨，而幽鬼也目睹了屍體。

古詠究竟是如何遇見應已死去的人，又是如何聽說幽鬼的事呢。她沒有回答，只是勾唇一笑，似乎取樂於幽鬼的反應。想進一步追問時，身旁的藍色女孩用手肘頂了頂她。

「幽鬼，她是老玩家。」

「老玩家？」

「她好像在『CANDLE WOODS』以前就已經在玩了。」

幽鬼很驚訝，這時古詠說道：

「沒什麼好奇怪的吧，又不是每個人都應該要參加那一場。像我這樣的也不少。」

「妳是……跳過『CANDLE WOODS』嗎？」

「專員來找我的時候，我覺得不太對勁就跳過了。我對那種預感還滿有自信的喔。多虧有這靈敏的嗅覺，我才能活到現在。」

原來她在「CANDLE WOODS」之前就已存在，世代比幽鬼更早。那麼見過生前的白士，聽說過幽鬼傻徒弟時期的事也不奇怪。

「原來如此……妳就是那個幽鬼啊。嘻嘻。」

古詠不知在笑什麼。幽鬼很想問她師父是怎麼說的，不過在那之前古詠又開口：

「抱歉打斷，下一個就交給妳了。」

手比的是學者樣的女孩。

「我是永世。」

她摸著棉花糖般輕盈的頭髮說：

「這次是我第五十場，請多指教。」

真熊、藍里和幽鬼都對這數字起了反應。神祕少女日澄當然是毫無反應，而古詠等其餘三名大概是在幽鬼幾個進來之前就已經知道了。

「CANDLE WOODS」以後，幽鬼是第一次見到上五字頭的玩家。繼三十、四十次之後，五十是幽鬼下一個里程碑，況且那還是九十九次的中點。雖然九十九次與永世無關，面前出現了比她先到達五十次的玩家，仍使得幽鬼既不甘又欽佩。

「下一個，海雲請說。」永世說道。

名喚海雲的玩家舉止怪異地說：

「我是海雲。那個，我，這是第十次，請多指教。」

沒什麼特徵，支支吾吾的感覺很青澀，在不習慣遊戲的新手身上很常見。可是她都已經第十次了，所以這次不是還不習慣遊戲本身，而是周圍玩家——絕大多數還是超過三十次的老手——讓她很惶恐吧。例如她身旁那位肌肉大姊。

「那個，下一位請……」

海雲往下一人比。是剛才在喝彈珠汽水的。

現在不只是汽水了，在別人自我介紹時，她還從冰箱拿出冷凍章魚燒用微波爐弄得熱呼呼，吃得好專心。即使海雲交棒，受到全員注視也毫不介意，繼續吃她的。所有人一起等到汽水和章魚燒都空了，她才終於說話。

「我是蜜羽，這是我第三十次，請多指教。」

她極其輕鬆地說出了不得了的數字。

這業界有個名叫「三十之牆」的魔咒。玩家到了第三十次，或是接近這個數字時，容易發生平時難以想像的異常狀況，使玩家存活率大幅下降。不僅僅是幽鬼和藍里，真熊和永世應該也被這個現象整過。這是所有玩家都知道的常識，這位蜜羽應該也不例外。

然而她卻沒有一點緊張的樣子。看著清空的汽水瓶和章魚燒包裝，幽鬼覺得她實在是個我行我素的人。

「我是最後一個嗎？」

蜜羽掃視所有玩家，然後走向冰箱，沒吃夠似的將第二盒章魚燒放進微波爐，看著在橘光下旋轉的塑膠盒說：

「話說這場遊戲真奇怪。除了海灘和泳衣以外什麼也沒有……喔對，還有彈珠汽水跟章魚燒。」

「一般而言，是逃脫型吧。」

古詠以她極具特色的菸嗓說：

「這片海灘與外界隔絕，是典型的逃脫型場地。」

東西南北中，這片沙灘有三邊被樹林包圍，最後一邊當然是大海。想離開沙灘，就只能在樹林中撥草而行——古詠說得沒錯，這是逃脫型常見的場地設定。

「總而言之，先從探查周邊開始吧。」

永世說道。五十次遊戲的分量果然重，吸引了眾多視線。

「查完以後，再來想類型也不遲。」

無人反對。於是玩家紛紛起身。

——只有蜜羽一個沒動。

（4／11）

除蜜羽外，七人都出了小木屋。

先從沙灘開始探索。這個長條地形寬到另一端的人只有豆粒大小，七人將白如蛋白霜的沙灘踏得亂七八糟，但一無所獲，注意力就轉向周圍樹林。

一行人走進林子裡。七名玩家都很習慣這種遊戲，沒人對穿泳衣進樹林的事表現出任何反感。

「直走吧。」

永世提議，眾人照辦。

假如這是逃脫型遊戲，穿過樹林將是重點，必然會布滿陷阱，結果一個也沒遇到。儘管無法證明完全沒陷阱，至少目前幽鬼等玩家的警戒網一個也沒撈到，也沒有實際觸動或有人受傷。玩家們不斷地前進再前進。

最後，眼前豁然開朗。

「——原來是這樣。」

說話的是真熊。

她們人在高峻的斷崖上，草地有如吃一半的蛋糕，突然整個截斷。陡峭崖壁底下和沙灘一樣，全是藍色大海。

左右兩邊都是長長的斷崖，八成是一直延伸到沙灘去，實際情況要沿著邊緣走一圈才知道了。沙灘被樹林包圍，而樹林被斷崖包圍。

換言之——沙灘不與陸地相連。

是座孤島。

「……這麼說的話。」

永世像在思考難題的臉，升級成了肯定在思考難題的臉。

「『逃脫』的意義變了呢。真熊，有件事想問妳一下。」

「什麼事？」

「妳在海平線上看得見陸地嗎？」

幽鬼也隨之往海平線上望，瞇著眼從左看到右，都沒看見陸地。

「沒有耶。」

真熊的報告也是如此。「要上我肩膀來看嗎？」

「麻煩了。」

永世從真熊背後爬上去，跨坐在她肩上。騎肩膀的姿勢。視點增高，視野就愈遠。永世先問玩家中最高的真熊和騎她肩膀都是這個緣故。即使兩人身高加起來再扣掉永世雙腿的部分，總高也有三公尺，但永世依然表情凝重地離開真熊肩上，恐怕是仍舊見不到陸地了。

「為保險起見，我先問一下，剛才在沙灘上有人看過陸地嗎？」

沒人回答，表示都沒有。

「一般視野範圍記得是四公里左右吧。」真熊說。

「這次比那要再遠一點。因為騎上妳的肩膀以後，我的視線大概有三公尺高……」

海平線之所以存在，是因為地面是球體，看不見弧度後面，視野自然有限。利用餘弦定理，很容易就能求出距離，幽鬼也在學校學過。

但就在她臨陣磨槍的知識得出結果前，永世先說了：

「六公里多。而且我們在懸崖上，應該還會更遠，總之就是與陸地肯定有一段不小的距離。如果這是逃脫型的遊戲——」

永世望向空無一物的海平線。

「我們就至少要跨海那麼遠才行。」

六公里多。幽鬼試著想像這距離。在過往人生中，幽鬼游過最遠的距離是國中游泳課時的五十公尺。用六公里去除，足有一二〇倍，也就是在五十公尺泳池來回一二〇次。比較對象太小，實在想像不來。

「……根本不可能吧？」是真熊說的。「不管是自己游還是蓋木筏，在不知道該往哪走的情況下根本出不了海啊。」

「說得沒錯。所以說，如果這真的是逃脫型遊戲，應該會有其他手段。例如某個地方藏有這座島座標的地圖，或是與外界通訊的方法。又或者——」

永世接著說：

「這根本不是逃脫型遊戲。」

幽鬼注意到，有個玩家因這句話動了一下肩膀。正是被扔進獅群中的少女，海雲。

她是想到如果這場遊戲不是逃脫型，那說不定是對戰型吧。如此一來，在場玩家就要變成敵人了。幽鬼試著想像海雲的心情。假如自己在第十次遊戲——記得是「SCRAP BUILDING」——要和破關三、四十次，甚至五十次的玩家相爭，會是什麼情況？——兩個字，絕望。

而這樣的絕望，目前很有可能成真，因為這一路上連個陷阱也沒有。明明是賭命的遊戲，卻不見任何要人命的東西。除了這裡七個，沙灘上一個，有兩隻手兩隻腳的生命體以外。

可是倒也不用這麼悲觀，還有可能並非逃脫型或對戰型，而是之前遊樂園那樣的求生型。例如玩家要在這座島設法活過一百天，直到主辦方派救難船來為止。與外界隔離的孤島環境，本身就足以逼死玩家了。

查出究竟是天堂還是地獄的方法只有一個。

「我們繼續巡吧。」永世說。

（5／11）

眾人就這麼繞了一圈，這裡真的是孤島。島不大，沿著最外圍走，一小時就

能繞一圈。除了那片沙灘以外，處處遍布著樹林。她們也在林中到處搜過，沒有發現小木屋以外的建築物，除了大概是用來轉播畫面的監視攝影機，找不到任何人造物，玩家們空著手回到沙灘。

太陽已經西斜了。

「啊。妳們回來啦，辛苦了。」

蜜羽這麼說著迎接她們。她像是游了個泳，肩上掛著泳圈，全身濕漉漉。沙灘上，有一點一點的水滴印子。

「…………」

幽鬼幾個直接無視。連抱怨「我們走了好幾個小時，妳一個在這玩個屁」的力氣都沒有。

「蜜羽。」

只有永世向她說話。

「請說。」

「妳有發現什麼關於遊戲的事嗎？」

「什麼也沒有。我一直待在這附近，什麼也沒看到。」

膚。

「…………」

永世的視線離開蜜羽，轉向染紅的天空說：

「先休息吧。天也要黑了，明天再繼續。」

這時一陣風吹來，在傍晚時分帶著些許涼意，吹上玩家們裸露得較平常多的肌膚。

「真的需要穿泳衣睡覺嗎？」

藍里縮著身子說：「就算有被子可以蓋，這樣還是會冷耶。」

「沒有別的衣服嘍～」蜜羽回答：「額外的毛毯跟替換用的泳裝都有很多，可是正常的衣服一件也沒有。」

這是一定的。幽鬼心想，主辦方不會準備遊戲服裝以外的衣服。既然有很多泳裝可以替換，若想禦寒就頂多只能借永世的浴袍或古詠的棉襖等布料面積較多的衣服來穿穿吧。

相約明天早上和今天一樣在古詠的小木屋集合後，玩家們就各自解散回自己的小木屋了。

幽鬼看著自己的門，發現根本沒有鎖具，無法上鎖。輕輕一拉，門就會開。

表示隨時都可能有人偷溜進來。

幽鬼進入小木屋，家具都在今早見過的位置。接著她盯上共有五層的大櫥櫃，用兩隻手抱起來。

然後搬到門邊。

用來擋門。

雖沒有具體的假想敵，但小心點不會吃虧。就算穿泳裝睡覺無所謂，幽鬼的神經可沒大條到敢在無法上鎖的房間睡覺。門是外開式，櫃子沒有真的抵住，只能期待它發揮障礙物的效果，但總比沒有好。

接下來，幽鬼開始吃晚餐。白天有個人自己吃吃喝喝起來，讓幽鬼提早知道了冰箱裡有些什麼。裡頭裝滿了彈珠汽水、章魚燒和炒麵等海灘的應景食品，微波爐就擺在冰箱上方，且確定可以連塑膠容器一起加熱。走了一天，空空的肚子正大聲抗議。只是在這個還不曉得要待幾天的狀況下，幽鬼不敢像蜜羽那樣不管三七二十一地大吃，只吃八分飽。滿好吃的。

洗過澡，換了套泳衣，用遊戲準備的牙刷刷過牙之後就睡了。

幽鬼不想睡得太熟。即使放了路障，也不表示安全無虞，用力一踹就能突破，況且小木屋還有一點也不堅固的窗戶。如果有人想潛入，那些東西一點屁用也沒有。為了一有狀況就立刻醒來，只能刻意淺眠了。

而幽鬼已經學到如何控制睡眠深淺，畢竟這在需要跨日的遊戲是必須技術。破關三十次的玩家——不——就連海雲或古詠，甚至不知破關幾次的日澄，也都具備在這業界打滾都該擁有的技術。不用多久，幽鬼就進入了所需深度的睡眠。

而且也平安醒來了。

（6／11）

敲門聲喚醒了幽鬼。

（7／11）

幽鬼一聽見那聲音就跳了起來。

還用雙手用力撩起被子。如果有人試圖接近，就會被它遮住視線。然後幾乎只靠雙腿從床上站起，擺出戰鬥架勢。

然而，那都是獨角戲。

小木屋裡除了幽鬼外，再也沒別人了。

幽鬼尷尬地放鬆警戒，同時敲門聲又叩叩響起。跟昨天的一樣。

豎起耳朵，還能聽到有人反覆地問：「幽鬼？幽鬼？」藉此確認來人身分後，幽鬼走向門口。

並為擺在門口的東西皺起了眉。

就是那個櫥櫃。

昨天拿來擋門的。頭一個念頭是「哇，好擋路」，接下來是「誰放的啦」，第三個是「就是昨晚的妳啦」。幽鬼用剛起床而使不太上力的雙手，移開櫥櫃開門。

來人是藍里沒錯。

「早安。」幽鬼說。

沒想到，藍里沒有爽快答覆。

她喘得很急，雙頰泛紅。如果不是感冒了，就是全力跑過來的。若是後者，是所為何事呢？

見到幽鬼後，她顯然鬆了一大口氣，說：

「早安。妳是把那個擺在門前面嗎？」

她的視線指向幽鬼背後，卸下擋門工作的櫥櫃。

「嗯，想說，小心一點。」幽鬼回答。

「……說不定真的是擺對了呢。」

「咦？」

「總之，妳先跟我來。」

藍里抓起幽鬼的手就拉著走。幽鬼在體重往前傾的感覺中說：

「呃，等等，我還沒準備好……」

「晚點再說。」

幽鬼用空著的手摸摸頭髮。才剛起床的她一頭毛躁。對於晨間的整理儀容，幽鬼看得比普通人還要重。她已經是一身女鬼氣息的人了，要是不把起床後的凌亂整理好，會讓那感覺更加強烈。

見到她這副窘樣還說得出「晚點再說」——究竟是什麼事讓藍里急成這樣呢。

不會有其他的了。

（8／11）

沙灘上已經有五個玩家。

體魄如熊的玩家真熊、幾乎無法對話的異想少女日澄、據說在「CANDLE WOODS」之前就已存在的老玩家古詠、今天舉止也同樣可疑的第十次玩家海雲、昨天展現出滿滿缺乏團隊精神的自由人蜜羽，加上幽鬼和藍里，總共七人。

所有人的視線集中在剛出小木屋的幽鬼身上。即使私生活大半是穿運動服度過，她還是認為自己有著正常人的羞恥心。被那麼多人見到她女鬼感提升五成的樣子，實在害羞得不得了。

「妳在做什麼？」

真熊不打招呼就直接問。

「就只是在睡覺。」

「……妳真的很愛睡耶。」

真熊和幽鬼在過去的遊戲遇過，知道她的一些特性。

「那個，出什麼事了？」

即使心裡有數，幽鬼仍姑且一問。

「看起來……少了一個人嘛。」

玩家們面面相覷。這反應也在意料之中。

「昨天不是說在古詠的小木屋集合嗎？」真熊說。

「是啊。」

「所以剛剛要集合的時候，只有我們六個，缺了妳和永世。所以跟昨天一樣找藍里去叫妳，我跟永世以前見過，所以我去找她。」

一副學者樣的玩家，永世。

真熊的表情凝重得就像永世上身一樣，望向等間隔排列的其中一棟小木屋。

「那個，左邊算來第三棟是永世的小木屋，就在古詠的隔壁。妳的在最右邊，所以我比藍里先到，敲門沒反應就自己進去了……」

真熊的眉頭皺得更深了。

「然後就把所有人叫過來了。」

幽鬼感到氣氛緊繃起來。所有玩家的表情都很嚴肅——連那個蜜羽也算。

「所以我們自然就猜想，說不定妳也出事了，藍里就衝到妳那裡去。幸好妳好像什麼都不知道一樣，然後就是現在這樣。」

「妳沒事就好。」

這麼說的藍里，恢復了平常那種忍受世間醜惡的表情。

「永世她……」幽鬼望著她的小木屋說：「還在那裡嗎？」

「對。」

幽鬼摸摸她毛躁的頭髮，再看看一身被子脫毛的自己。

「那個，真熊啊。」

「怎樣？」

「穿這樣去看她，會不會不禮貌？」

（9／11）

永世的遺體就在小木屋裡。

（10／11）

這遊戲的玩家都接受過稱作「防腐處理」的人體改造，效果多樣，其中最重要的是流血的變化。流出玩家體外的血液會迅速凝固，變成棉花般的白色物質。因此對玩家而言，「血色」並不是紅色，而是白色，表示悽慘的顏色也從紅色變成白色。這件事深深融入了幽鬼的骨髓裡，現在看到棉被裡的棉花跑出來都會嚇一跳。

房間裡，蓋滿了棉花。

就像撕碎布偶，打翻了泡泡浴，或曾有人工造雪機全力運轉那樣。即使滿地棉花，她註冊商標般的輕柔頭髮依然清晰可見，不難看出那是什麼。

顯然是永世的遺體。

正確說來，那裡是頭部和軀幹的部分。手腳散在周圍，形狀較為完整，幽鬼不難看出那是什麼。左手在沙發上，右手在床上，兩隻腳都在櫃子邊。雖然外型還算完整，不是關節反折就是皮膚撕裂，指甲剝落，指頭這少那缺。

手腳都這樣了，桌上的軀幹自然是有過之而無不及，像竹莢魚乾一樣整個扒開。五根肋骨像求救一樣往上伸，其他肋骨不是斷了就是插在床上，留在原位的一根也沒有。保護胸腔的裝甲如此殘破，內容物也不會沒事。心、肺等各種臟器，像警察陳列扣押物一樣整齊擺放。大部分擺在門邊，幽鬼一開門就僵在原處就是這個緣故。

死得好悽慘。

可是幽鬼心中的戰慄，並不是因為這慘狀。

「幽鬼。」

背後有人呼喚，是藍里。

「這……是『那個』吧。」

這幾乎什麼也沒說，可是幽鬼卻十分明白她的意思。

沒錯，幽鬼見過這樣的屍體。

當然，她是第一次見到永世的屍體，然而她見過這種狀態的屍體。想忘也忘不掉。幽鬼的第九場遊戲——「CANDLE WOODS」，她那位傳說級玩家的師父白士，就是被殺人狂肢解成這種狀況。

然而那個殺人狂應該和白士一樣，死了。

因為殺死她的不是別人，就是幽鬼。用竹葉造型的刀，在她身上捅了好幾個洞。到現在幽鬼都能清楚想起拿刀的左手整個侵入殺人狂腹部的感覺。

那為什麼。

究竟是為什麼——這裡會發生那種事？

（11／11）

2. CLOUDY BEACH（第44次）—— 第二天

（0／15）

「CANDLE WOODS」。

幽鬼的第九場遊戲，促使她決心以玩家身分活下去的契機，對幽鬼而言有無比重要的意義。不過這並不只限於幽鬼，這業界沒人不知道「CANDLE WOODS」。大家都知道這一場特別到能以空前絕後形容。

其知名度是來自於最高參加人數及最低存活率。雙方陣營總共三百三十人，過關生還的卻只有極少數。絕大多數參加者——當時的常客玩家，死在了某個殺瘋了的玩家手下。

那個玩家，名叫伽羅。

有著焦糖色頭髮的殺人狂。參加遊戲不是為了求生存，是為了殺人。能力全灌注到與正常玩家相反的方向，一度將這個業界逼入瀕死狀態。

然後，時光飛逝。

她所造成的創傷應該已經完全痊癒了。

可是——永世的遺體出現了。屍體被拆得亂七八糟，彷彿那名殺人狂又回到了人間，要再一次地將一切都打回原點。

（1／15）

七人聚集在古詠的小木屋。

（2／15）

和昨天一樣，圍桌而席。

與昨天不同的只有兩點。不知是肚子不餓還是真的沒心情吃，蜜羽沒開冰箱了，這是其一。第二就不用說了，人少了一個。

問題人物——永世的遺體，就先留在那裡了。經過「防腐處理」，丟著不管也不怕腐臭，玩家們便決定先開朝會。

議題當然是──

「──問題點還滿多的。」

說話的是古詠。

嗓音和昨天一樣乾啞，和昨天一樣穿著棉襖。看來她是主動擔起了議長。

「可是真正的問題明顯只有一個──她是怎麼死的。」

古詠發音很清楚，想必不會有人聽錯。

永世是怎麼死的。這是死亡遊戲，死人理所當然。昨天沒能看出的殺人成分在昨晚亮出獠牙，咬死了她。

「可以知道的是……」

真熊開口了。她依然保持平時的強悍神情。

「那明顯是他殺。如果不是生物，不可能拆得那麼仔細。」

一開始還以為這次很像是逃脫型遊戲。玩家以逃脫特定空間為目標，會有種種危險陷阱等著要他們的命。

可是，永世不像是死在陷阱之下。屍體毀壞得太過仔細，不像是機械裝置所為。就幽鬼看來，小木屋裡也沒有可能的東西。若是幽鬼幾個的小木屋沒有，只有永世一個有，也不太自然。

永世是被生物殺害的。

「問題就是誰做的了。有可能是經過訓練的動物，也可能是主辦方準備的殺手。又說不定……」

真熊沒再說下去，但顯然還有後續。

「總之，先把現有資訊攤開來說吧。」

古詠說道：「現在我們面前有兩種可能。一種是，島上還有其他人在，這個人受命襲擊玩家，永世就是被他殺的。」

如此一來就是求生型遊戲，像前陣子幽鬼達成四十次紀錄的遊樂園那樣。那麼這裡的七個人，就得團結合作了。

「感覺機率有點低。」

真熊說：「昨天我們在島上找了那麼久，如果有的話，昨天就該遇到了吧。」

「沒錯。也就是說，另一種狀況的機會就變大了。這座島上真真確確只有我們八個玩家──犯人就在我們之中。」

玩家的視線相互交錯。

「現在想想……現況完全就是這個樣子吧。場地是無處可逃的海上孤島，過了一夜就有人遭到分屍，可以直接拿來當懸疑小說的背景設定了。所以應該就是這樣的遊戲了吧。」

暴風雪山莊——是這樣說的嗎。

在孤島這樣無法與外界聯絡的封閉空間內，發生一連串殺人事件。別說懸疑小說了，就連小說這東西，幽鬼都沒看過幾本，自然沒碰過那種類型的作品，但這個詞她還是知道的。

「……就當凶手在我們之中好了。」蜜羽雙手捧著臉頰說：「為什麼先殺永世呢？」

「當然是因為那是她的勝利條件。當凶手的人，一定會事先收到通知。可以想像是需要殺一定人數……兩、三個之類的，才能活下去吧。」

兩、三個，是依據平均存活率推測的數字吧。絕大多數遊戲，存活率都設計在五成以上。幽鬼猜想，應該是三個。

「那我們……不是凶手的人，要怎麼贏？」

「不知道。可能是只需要活下去，或是非要揪出凶手不可。又或者是像昨天說的那樣，要辛辛苦苦划木筏離開這座島。」

「以目前來看，先考慮生存就好了吧。」幽鬼說。

「為什麼？」古詠問。

「因為到現在都還沒公布規則嘛。如果要猜凶手是誰……玩偵探遊戲，應該要一開始就說清楚吧。像是場地是陰森森的洋樓，服裝也該改成獵帽和風衣什麼的。現在這樣，要我們憑藉現有資訊搜查命案現場猜出犯人，未免也太強人所難了。另外逃離這座島這部分，也跟昨天想的一樣，顯然是有困難。」

古詠露出理解的表情，幽鬼繼續說：

「之所以沒有把規則說清楚，會不會是不用特別做什麼呢？『凶手』以外的玩家什麼都不做也無所謂，只要活過一定時間就過關了，而『凶手』則需要殺到一定的人數。」

幽鬼看向冰箱。

「可以開嗎？」「……？開啊。」獲得古詠同意後，幽鬼開始查看冰箱內容。有小包裝食物和彈珠汽水。

「這個，妳昨天吃了幾盒？」

「兩盒。加上被蜜羽吃掉的，應該是少了四盒。」

「所以一開始是二十一盒吧。」

冰箱裡還剩十七盒，加上昨天吃掉的四盒，總共二十一。不是剛好二十的原因，只有一個。

「表示遊戲時間是一星期嗎。」

小學生也算得出來，二十一盒除以一天三餐，是七天份。儘管以一餐一盒來說量有點少，在生死遊戲中還會想吃足三餐的玩家又不多，但將這個數字視為有這樣的含意，並不為過。

「不能太武斷就是了。」

幽鬼關上冰箱。

「畢竟沒有證據。食物很寶貴，最好不要不考慮後果亂吃。雖然自己這樣說不太好……但我有可能就是『凶手』，正在說謊博取妳們的信任。」

古詠說得沒錯，或許真的沒必要猜犯人是誰。規則至今不明，可能是玩家探索不周所導致。幽鬼可不打算只因為可能撐過一定時間就能過關，就把自己關在小木屋裡吃吃睡睡。

古詠瞪了蜜羽一眼。「聽到沒有，食物很寶貴。」並酸溜溜地說。

「把妳昨天吃掉的還來。」

「咦～」

「咦個屁。聽好喔，散會以後我就去妳的小木屋拿。」

——散會以後。

大概是被這句話刺激到吧，海雲說：

「那、那個……關於這件事……今天，散會以後要怎麼辦？」

所有玩家的視線集中到那名惶恐的女孩臉上。

「要像昨天那樣，全體一起行動……對嗎？」

她聲音裡的不安像鮪魚肚肉裡的油脂一樣濃。

原因不言自明，因為「凶手」就在這裡頭。所有人共同行動，就表示要待在「凶手」身邊。

當然，如同國小路隊成果所示，集體行動的確比各自行動安全多了。只要所有人待在一起，「凶手」就沒那麼容易下手，不過幽鬼還是能體諒她的不安。

「我才不要。」

真熊打破沉默。

「現在幾乎可以肯定凶手就在這裡面，集體行動太危險了。以後我要單獨行動。」

「那是絕對不能做的事喔。」蜜羽笑了。「在懸疑小說中不都是落單的就一定會死嗎？」

「我沒那麼容易被人幹掉。」

然而真熊也不甘示弱。

「就算跟妳們全部為敵──我也會把妳們幹掉。」

接下來就沒人與之相抗衡了。

畢竟她可是高大得跟熊一樣的玩家，跟她玩過幾場遊戲的幽鬼很清楚那並不是紙糊的。與她正面對打，沒人是她的對手。誇下能夠一次戰勝六人的豪語，也不是信口開河。

對她來說，單獨行動是比較安全。比起這樣的危險，被身旁的人背地裡捅刀還危險多了。

「想組隊的自己去組，但我就不必了。」

「我也是。」

是陌生的聲音。

轉頭一看，是日澄開口了。昨天她都在放空，說過的字能數得出來。

「我也喜歡一個人。」

「……妳們幾個，就是沒辦法齊步走是吧。」

古詠苦笑道：

「無所謂，這也沒什麼關係。照自己喜歡的去做就行了。又不是說凶手一定就在我們之中。」

內賊說變得有力，是因為昨天的探索什麼也沒找到，而這是個相當薄弱的根據。不僅有可能只是昨天碰巧沒遇到，也可能凶手是昨晚才登陸。凶手還是很可能並非玩家。

「不過……就算開放各自行動，從頭到尾都各走各的還是不太好吧？不知道誰還活著，不是很礙手礙腳嗎？所以我建議，每天早上都來這裡集合怎麼樣？順便報告一下自己昨天去哪裡做了什麼、有沒有新發現。以後就每個人各憑自己的意思自由行動，只要把每天早上來這集合當成義務就好，可以嗎？」

古詠往日澄和真熊看。

「妳們也不是想從頭到尾都單獨行動吧？」

「……是沒錯。」

真熊回答。算是有保持撲克臉吧。

「這個報告……是什麼都要老實說嗎？可以行使緘默權嗎？」

「無所謂呀，至少『凶手』本來就不會說實話嘛……其他玩家也不一定完全是一國的。有事不想說，那就不要說。只是說誠實一點，比較容易擺脫『凶手』的嫌疑吧。」

古詠的還價讓真熊哼了一聲。

每個玩家面對遊戲的態度都不同。有像幽鬼這樣，傾向於與他人合作過關的，也有真熊和日澄這樣的個人主義者。「凶手」隱藏這方面資訊是理所當然，其他玩家也可能會為了讓自己平安活下去而選擇隱匿部分資訊。

「還有誰有問題嗎？」古詠掃視眾玩家，確定沒人開口後說：

「那就解散吧，明天見。希望各位都還能像這樣活蹦亂跳。」

（3／15）

第一個出去的，是真熊。

下一個是日澄。蜜羽想當第三個，卻被古詠用一聲「妳留下來」拉住，噘著嘴坐回去。其餘三人——海雲、藍里和幽鬼，都沒有起身的意思。

確定在場的人都沒有其他動作後，藍里說：

「各位，我想到永世的小木屋去看看……有人要一起來的嗎？」

一段沉默過去。

第一個答覆的是蜜羽。

「我不了，單純嫌麻煩。」

「我去。」

幽鬼隨後回答：「我有些事想調查清楚……藍里，妳去犯案現場是想查凶手嗎。」

「對，就是這樣。」

藍里以生無可戀似的陰暗表情回答。

沒看幽鬼，態度堅定，使幽鬼頗為意外。但回頭想想，其實挺正常的。畢竟她在第一場遊戲——「CANDLE WOODS」裡就殺了五個玩家。即使表情黯淡，該做事時還是會做事。

藍里往另外兩人——古詠和海雲看。

「可以的話，希望兩位也一起來……人多一點比較安全。」

在這類遊戲裡，想確保安全大致有兩種方法。一是像真熊和日澄那樣單獨行動，不讓玩家接近，當然就能減少被殺的風險。另一種就是像藍里提議的那樣多人團體行動，有很多人幫忙監視，「凶手」難以行動。反過來說，最該避免的就是並非上述兩種——以「凶手」能夠處理的小型團體行動。

「可以是可以……」

先回答的是古詠。

「不過能先讓我把事情處理完嗎？我需要去這丫頭那裡徵收一點東西。」

古詠用大拇指比的「這丫頭」——蜜羽嘛起了嘴。幽鬼想起剛才開會時，古詠提過要把蜜羽昨天吃的食物討回來的事。

「沒問題。」藍里說：「既然這樣……讓我們也跟著一起去吧。只有兩個人行動很危險。」

「我……我也要去。請帶我一起去。」

海雲也這麼說。這樣同行者就有四人了。

「妳們好嚴肅喔。」

蜜羽對她們四人說。她雙肘拄桌，十指交叉，下巴放在上面。

「難得到海邊來玩，結果都忙著找凶手。」

「妳這樣到了三十次還不認真的才比較奇怪咧。」

古詠拿出蜜羽的遊戲次數來反駁，但蜜羽卻不當一回事地說：

「凶手就在我們之中吧。開會的時候，我一直在觀察表情，可是什麼也沒看出來。很會藏的樣子呢。」

其實，幽鬼也有偷偷做同樣的事。即使能那麼殘忍地把一個人分屍——即使是習慣殺人的玩家——臉上也應該會出現一點端倪才對。

可是結果和蜜羽一樣，什麼也沒看出來。大家的表情都只是比昨天嚴肅一點，沒有任何稱得上疑點的變化。現在死了人，幽鬼甚至還希望她們能多給點反應。儘管她沒立場說別人，可是這裡的玩家真的太習慣死人了。

「古詠，妳晚上有聽到慘叫聲嗎？」

蜜羽問：「永世不就住妳隔壁而已？都沒有聽到打鬥聲嗎？」

「沒有聽到。我還認為自己耳朵很尖呢。」

古詠也反過來問蜜羽：

「那妳有聽見什麼嗎？妳也在她隔壁吧？」

「沒有耶，什麼都沒聽見。一點也不像有人殺人。」

以命案為主題的對話而言，氣氛實在很輕緩。

「事實上，誰都有辦法下手吧，這些小木屋都不能上鎖嘛。趁永世睡覺溜進去一擊斃命，輕鬆得很。」

看來不是只有幽鬼的小木屋沒門鎖而已。雖然能像昨天那樣放路障，可是想阻止別人開門恐怕就不太可能了。

「不會輕鬆吧。」

可是古詠卻這麼說。

「不會嗎？」

「不會。進小木屋應該是很簡單沒錯，但對方可是永世，玩到五十大關不是玩假的。就算在『CANDLE WOODS』以前，那種程度的玩家也沒幾個。想溜進小木屋暗殺她，我實在不認為會是一件輕鬆的事。」

說來確實如此。在幾乎是高手的這場遊戲裡，她的成績更是突出。像任何人進入小木屋都能立刻醒來這種基本技術，不會沒有才對。應該沒有那麼容易死在夜襲之下。

「那麼永世為什麼會死呢？」藍里也加入討論。「假如我是『凶手』，一定不會先挑遊戲次數最多的永世……或許這樣說不太好聽，可是……我應該會挑海雲或古詠妳。」

突然被叫到名字的海雲用全身來表現驚嚇。

海雲破關十次，古詠二十次。儘管破關次數不一定等於強度，但還是有些關聯。若是需要殺害一定人數，先挑弱的下手比較合理。

「會是擒賊先擒王嗎？」幽鬼說：「妳們想想，昨天永世她不是很有智囊的感覺嗎。所以為了破壞玩家的合作能力，先對她下手之類的……」

「遊戲次數最多，可是看起來沒有特別強，會不會也是原因之一呢。她不像是靠體能過關的玩家吧？」

「是啊，跟外表一樣是智力派。」

幽鬼曾跟永世玩過幾次遊戲。就她所知，永世這名玩家的強項就是頭腦，與真熊這樣的體能怪物正好相反。犯人看她身影單薄而認為好下手也不奇怪。

「這部分的事，也是要調查過現場才能確定。」

藍里這句話牽動了眾人。「那就走吧。」古詠這麼說之後站起身，幽鬼、藍里、海雲也跟上，只有蜜羽一個動也不動，被古詠一聲「妳也一起來。」之後才不甘不願地起身。

（4／15）

五人來到屋外，走過沙灘，前往蜜羽的小木屋。

幽鬼邊走邊針對小木屋作思考。從最右邊開始，順序是幽鬼、日澄、藍里、真熊、古詠、永世、蜜羽、海雲，間隔等長，走路幾分鐘的距離。這次是從古詠的小木屋走到蜜羽那——也就是需要走過兩段間距，需時就是兩倍。

古詠從蜜羽的小木屋拿走兩盒章魚燒和兩瓶彈珠汽水後，蜜羽說：「那我就失陪了。」就此留在屋內。剩下四人的隊伍暫且回到古詠的小木屋，將徵收的東西放進冰箱。至此，第一要務順利完成。

四人接著前往永世的小木屋。即使集體行動，幽鬼也沒有放下危機意識，一路戒備著其他三人。四人過沙灘的聲音沙沙沙不絕於耳。遊戲是第二天，原本一片平坦的沙灘也變得到處是腳印。有人穿拖鞋，有人穿海灘鞋，因人而異，腳印自然也不同。這讓幽鬼想到或許能靠腳印查出是誰溜進永世的小木屋，但很快就想到這沒用。八棟小木屋都是蓋在淺灘上，而非沙灘。她們四人是走在沙灘上才會留下腳印，走淺灘就沒有了，而「凶手」當然會這麼做。

永世的小木屋就在古詠的旁邊，很快就到了。幽鬼站在門前，想著門後的情景把門打開。

但是——

即使有心理準備，幽鬼還是傻住了。

「——啥……」

幽鬼回頭看。

藍里、古詠、海雲都在她背後，都和幽鬼一樣對她保持警戒，拉開一小段距離。從她們的位置看不見屋內吧。

見到幽鬼的反應，藍里問：「……怎麼了嗎？」

「那個，妳們，看。」

幽鬼說得斷斷續續，從門前讓開。三人走進小木屋，往屋中窺視。

「……咦……？」「哎喲喂啊……」「什麼……」

三人反應各自不同。

永世的遺體，居然不在屋裡。

桌上的軀幹，沙發和床上的手腳，擺在門邊的各種內臟，全都不見了。

幽鬼原以為弄錯房間，但是並沒有。左二右五，這裡的確是早上那棟小木屋。雖然少了遺體，房間還是扯破棉被那樣滿地棉花，這裡無疑是永世的小木屋，其遺體所在的位置。

應該要在這裡才對。

「怎麼會這樣……？」

幽鬼進入因為少了擺在門邊的內臟而容易下腳的房間，並這麼說。

「會是有人在我們過來之前……把屍體清掉了嗎？」

藍里也進屋裡，並問。這是很自然的想法。既然屍體不會走路，也不是被淘氣的風兒捲走，那就是有人帶走了。

而在此狀況下，嫌疑人只有兩個。

「所以是真熊或日澄？」

她們朝會一結束就出去了，其他五個都留在小木屋裡。怎麼想都是她們其中之一，或狼狽為奸。

「可是這是為什麼？該不會是想埋葬她吧？」

埋葬死者，如此在人類社會理所當然的文化，並不存在於玩家文化圈內。埋在遊戲場地裡，死者本人和主辦方都不會高興吧。遊戲中出現的遺體，一般都是擱著不管，或是移到不擋路的地方。

真熊和日澄都有這樣的常識才對。

「說句缺德的話，她們看起來都不像是這種人耶。」

「就是啊，會是有其他目的嗎……」

藍里捂著嘴深思起來。

「話說，就算她們是凶手……而且是共犯，動作也太快了吧。她們出去以後到我們出去，應該不到五分鐘……」

即使出血減輕了重量，每一塊又不大，那總共也是幾十公斤的人體。哪怕是真熊也沒那麼好搬運。

幽鬼幾個從蜜羽那討回食物時，真熊和日澄都不在沙灘上。開完會，幽鬼幾個簡單討論的這幾分鐘時間，要收拾好遺體又從海灘上消失，是物理上不可能的事。

七人之中，沒人能夠做到。

所以結論是——

「凶手外來說又復活了呢。」

古詠摸著不再擺放屍體的桌子說。

「會是我們開會的時候，主辦方派出的殺手……把屍體收拾掉了嗎？」

這場朝會——畢竟是為第一名死者開的朝會——時間相當長。在幽鬼幾個議論不休的期間收掉屍體，時間上很充裕。往凶手並非玩家的方向想比較合理。

但即使如此，特意搬運屍體的動機仍然不明。如果是凶手做的，就更不可能是為了下葬了。

會是屍體上留有什麼不能讓人發現的東西嗎？

（5／15）

雖然永世的屍體消失令人錯愕，該做的事還是沒變，四人開始調查命案現場。

在房間狀況方面，最顯眼的是永世的血。不知是血液無法收拾還是沒那麼必要，棉花依然蓋滿了小木屋。到處都是一團一團，難以看出原來究竟有多少，但肯定是極為大量的出血。光見到這麼多棉花，就知道永世活不了了。

不過，現場跡象卻與那悽慘畫面相反，沒有任何打鬥的痕跡。沒有任何設備受損，木牆上也沒有傷痕。古詠和蜜羽都說不曾聽見打鬥聲，有可能是真的沒發生那樣的事。凶手是安靜無聲地殺害了永世。

這也讓她們很快就導出凶手應是安靜無聲地從門口入侵小木屋的結論。因為窗口與牆壁都沒有破壞的痕跡，門前也沒有放置障礙物。看來永世沒有設路障的意思。是認為擋了還是能開門，不想白費力氣，還是自認為能擊退入侵者，抑或是昨天還不清楚遊戲規則，戒心沒那麼高呢。

幽鬼還期待永世會不會偷偷留下死前訊息，結果落空了。將房間搜了一遍後，她們找不到任何關於凶手身分的線索，也沒有任何人為的痕跡。

「這是唯一的收穫吧。」

幽鬼自嘲地說。

臉是朝向敞開的冰箱。凶手似乎沒動過內容物，六天份的食物都還在裡頭。

「……妳要拿去吃嗎？」身旁的藍里問。

「反正又不是供品。」幽鬼回答：「拿走也不會遭天譴。」

幽鬼按下彈珠，開了一瓶汽水遞給藍里。「……謝謝。」她愣愣地接下。幽鬼也給自己開了一瓶，啜飲一口。在布滿慘劇殘跡的房間裡，仍給了她些許暢快。

接著她又拿出兩支瓶子問：「要喝嗎？」玻璃瓶上，歪斜地映出古詠和海雲的身影。

「肚子剛好餓了，要不要先墊一下？」

幽鬼將四盒塑膠容器的微波食品拿去加熱。

在永世死去的桌上實在是拿不出食慾，於是四人到屋外吃。幽鬼和古詠都是正常大口吃，藍里和海雲感覺不太舒服，但總歸是吃了。

「整理一下狀況吧。」藍里邊吃邊說。「……不過……好像也沒有什麼好整理的。」

「有總比沒有好啦。」

幽鬼為她打氣。「先歸納出犯案時間吧。各位最後一次見到永世是什麼時候？」

所有人的答案都一樣，就是昨天傍晚散會，返回自己的小木屋那時。

「然後到了今天早上，就發現她死了……晚上也沒有人注意到像是打鬥的聲音。到這邊都對吧？」

藍里對住在永世旁邊的古詠問。

「真的沒聲音。」古詠回答：「說沒聲音可能會誤導吧。如果是在我睡著以後發生的，我也聽不見。雖然是住旁邊，還是有一段不小的距離，哪會注意到睡著以後有沒有乒乒乓乓啊。」

「那屋裡有開燈嗎？妳睡覺的時候有嗎？」

「我沒有特別注意，應該還亮著吧。」

「就算凶手是在永世關燈就寢以後動手，直到我們早上出來也經過了很長一段時間……」

「扣掉分屍的時間，也頂多是淩晨吧。範圍實在太大了。」

更何況海灘上沒有擺時鐘，時間長度模糊不清，對過濾犯人沒有幫助。

一般而言，這類殺人事件都會用屍僵程度縮限犯案時間——也算是一種必要橋段了，但這次屍體卻不翼而飛。而目前也只能靠玩家的證詞分析時間，再往這裡走恐怕是死路一條。

「來看犯案手法吧。『凶手』是在昨晚到早晨之間入侵永世的小木屋。窗口和牆壁都沒有破壞的痕跡，直接從門口入侵的可能很高。屋內沒有打鬥跡象，永世很可能是一擊斃命。事後，凶手支解了永世，並回到自己的小木屋。」

「既然能支解……也就是說『凶手』有武器吧？」

久未出聲的海雲問。

「空手應該做不到那種事吧……」

「是這樣沒錯。」幽鬼表示同意。「可能是主辦方提供了一些東西，方便『凶手』殺人吧。至少能確定有可以切肉的刃器。從永世那樣的玩家都死得那麼容易來看，恐怕不只是刀那麼簡單。」

幽鬼都能明顯看出海雲在發抖了。

「如果有武器，那麼把每個人的小木屋都搜一遍，說不定會有發現……」

藍里如此提議，可是海雲不知為何顯得有點慌張。

「呃，那樣不行吧……那種東西，把凶器留在自己房間不是很奇怪嗎……？應該會藏在其他地方。」

幽鬼覺得她的態度很可疑，會是小木屋裡有不可告人的東西嗎。

然而幽鬼也贊成她的想法。「凶手」不會傻到把殺人證據留在小木屋裡。

「是不想隨便讓人進房間吧。」古詠說：「我這種老太婆是無所謂啦，可是青春少女就不太想讓人亂翻了吧。」

古詠雖是開玩笑的口吻，但那確實是一大問題。想到讓人搜查房間也有可能被「凶手」看透，難免會感到排斥。

再說，也不是所有人的小木屋都能查一遍吧。那兩名選擇單獨行動的玩家——真熊和日澄，肯定不會答應。

「……是這樣沒錯啦……」

藍里很快就收起疑惑的表情說：

「那就來想想凶手可能會是怎樣的人吧。目前就是內賊跟外敵兩種假設吧。」

「兩邊都很有問題啊……」幽鬼說：「內賊——也就是犯人在我們之中的情況，就等於是能在散會後的幾分鐘之內搬走永世的遺體。如果是外敵，就要先解釋昨天探索時怎麼沒遇到。」

「這部分就先保留吧。重點在於——」古詠接著說：「第一，『凶手』擁有能夠分解人體的銳利刃器；第二，來到五十大關的高手永世一點掙扎也沒有就死了。我們該怎麼保護自己不成為下一個屍體。」

氣氛沉了下來。所有人都不想面對這樣的事實。

再重複一次，遊戲次數不一定等於玩家技術，但有所關聯。既然遊戲次數最多的永世都被幹掉了，幽鬼幾個——即使有了能夠事先戒備的優勢——也不敢保證自己能夠存活。

針對犯案時間、方法和罪犯側寫討論一番，氣氛變得低迷時，她們也把章魚燒吃完了。幽鬼對藍里說：「藍里啊。」

「什麼事？」

「可以把我們對那個屍體有印象的事說出來嗎？」

藍里陰鬱的表情變得更黯淡了。

「我應該是把那個殺人狂殺到徹底死透了，想不到她還活著……」

「不……我想那不是她本人。」藍里表情認真地反駁。「但是，如果『凶手』是跟她類似的人，我們就要特別小心了……說不定這場遊戲也會變得跟『CANDLE WOODS』一樣慘。」

「嗯，就是啊。」

「妳們在說什麼啊？」古詠插嘴道：「還說到殺人狂，什麼意思？」

「這個嘛……」幽鬼回答：「以前出現過喜歡那樣拆散屍體的玩家。就是在我以前出場過的——『CANDLE WOODS』那次。」

這遊戲名稱勾起了老玩家的注意。「是喔……」古詠說。

「那個玩家叫做伽羅。不過她早就死掉了，不可能出現在這場遊戲裡……可是現在卻出現了跟當時很類似的屍體，讓我有點在意。說不定表示『凶手』也有那種癖好。」

「就算不是本人，也可能是跟她有關的人。」藍里接著說：「還記得嗎，她不是有一個徒弟叫做萌黃的。說不定她還有其他徒弟，然後來到了這場遊戲裡……」

萌黃。幽鬼還記得她。留下的印象不比伽羅淺。

這業界和外界的各行各業一樣，有數不清的玩家結成了師徒關係。在這個犯點小錯就可能拿命來賠的世界，從他人直接吸收遊戲須知的重要性，自然是不在話下。若想活久一點，最好是盡早拜師。至於師父這邊，也能藉由收徒擴大派系——增加願意幫助她的玩家。

而這樣的關係，絕不僅限於一對一單傳。那個殺人狂很可能還有收萌黃以外的徒弟。假如在這場遊戲裡有這樣的人物——那麼最接近她的，是那個好像都在恍神的——

幽鬼甩甩頭。

因為言之過早。拆解屍體可不是伽羅的專利，有相同興趣的人——說興趣好像有點怪——有這樣的人存在，完全不足為奇。

可是，幽鬼心中有股不好的預感。不是汽水裡的甜份使她心跳加速，是來自野性的直覺。雖然沒有掠過「CANDLE WOODS」的古詠強，但玩了這麼多場下來，也練就了預測惡劣未來的能力。

幾乎是高手雲集，幽鬼的第四十四場遊戲。

這其中一定有某種特殊意義。

（6／15）

四人將空盒空瓶丟回小木屋就離開了。

「再來做什麼？」

幽鬼對其他三人問：「要繼續一起行動嗎？」

「……呃，我先不了。」

回答的是藍里。

「我不會阻止各位繼續下去，但我想暫時單獨行動一下。」

幽鬼沒想到她會這麼說。畢竟邀她們去調查犯案現場的就是藍里。

「聚在一起不是比較安全嗎？」幽鬼試著問。

「話是這麼說沒錯……可是我不覺得這樣就能活下來。」

儘管沒解釋到什麼，幽鬼仍了解她的意思。

藍里大概是想準備裝備吧。既然「凶手」很可能持有武器，準備能夠與之抗衡的裝備，將是所有玩家的共通課題。目前沒在這座島見到像是武器的武器，不過藍里好歹是突破了「三十之牆」的玩家，多得是武裝自己的方法吧。

在準備裝備這方面，單獨行動是比集體行動好沒錯。一群人聚在一起整裝的事不是不可能，但恐怕會將底牌暴露給混入集團的「凶手」知道。她原本是覺得短時間內集體行動比較安全，可是調查過後，認為單獨行動會比較好吧。

「我、我也是。」

海雲接著說。

「我也想單獨一個人。」

這讓幽鬼更意外了，因為她不像是會說這種話的人。加上先前拒絕讓人搜查小木屋，更讓人覺得她有所企圖。

「……只剩下兩個，算不上集體了吧。」

古詠看著幽鬼說：

「不如就從善如流，就此解散吧？」

「就這樣吧。」幽鬼說：「希望我們明天還能再見。」

四人就此互相道別，解散而去。

幽鬼趁機觀察其他三人的去向。藍里和昨天大家做的一樣，往樹林走去。古詠和海雲則是往沙灘，自己小木屋的方向。

見此，幽鬼也開始行動。她的腳是往沙灘走，但不是往自己的小木屋。她要沿著外圍散步。昨天只巡了沙灘和樹林，也就是島的內部，今天她想看看海濱。巡完淺灘以後，想再往深一點的地方走。不只是準備對抗「凶手」重要，探索遊戲場地也很重要。說不定會發現未知的規則，或是主辦方準備的物品。

於是幽鬼在淺灘上走了起來。

然後不一會兒就遇見其他玩家。

「啊——幽鬼，妳好哇。」

是蜜羽。

今天她也在玩水。坐在泳圈上漂漂蕩蕩。

為防蜜羽其實就是「凶手」，幽鬼保持能迅速逃跑的安全距離停下來。

「……昨天妳就在玩了，還沒玩膩啊……」幽鬼直言不諱。

「是啊，還差得遠好嗎。」

蜜羽回答：「這片海那麼美，怎麼可能一天就玩膩呢。不是有句話說，美女看三天也不會膩嗎？差不多的事啦。」

「妳那句話是說反了吧……」

「是喔？沒差啦，總之就是要及時行樂。別說死掉，光是受傷就不能下水了。那真的會是在傷口上抹鹽。」

記得這次是蜜羽第三十次遊戲。即使面對稱為「三十之牆」的第一大關，她的玩心也沒有受到絲毫影響的樣子。

「懂得享受人生才是贏家是吧……」

幽鬼不禁想這樣說，當然也覺得對方會同意，可是蜜羽卻回答：「我不太喜歡那句話耶。」

「是喔？」

「是啊，因為想在人生上分輸贏的想法，感覺很灰暗嘛。我覺得樂觀悲觀要分清楚一點才行。」

原來還有這種看法。幽鬼不禁感嘆。

然後——對話斷了。

「…………那個。」

幽鬼覺得尷尬而另找話題。

「對了，妳對遊戲有新發現嗎？」

「完全沒有。別說線索，連垃圾都沒發現。往海裡游了一段，也一樣沒看到陸地。」

蜜羽踢起水來，帶著泳圈打轉。

「我在想，事情可能真的跟妳猜的一樣，這是凶手扮成玩家的求生型遊戲。這樣想，從頭到尾都很合理。」

蜜羽雙腳往水裡一插，打消自己的旋轉慣性，正好朝幽鬼停下來。

「幽鬼，妳們有去調查現場嘛？有什麼發現嗎？」

幽鬼認為說出來也無妨，便說：「不只沒發現，還倒退了。」

「怎麼說？」

「永世的屍體不見了。」

「……喔？」

「只留下變成棉花的血。那些屍塊全部憑空消失了。是『凶手』帶走的吧。」

「這很重要喔。」蜜羽摸著下巴說。「也就是說，犯人不是真熊就是日澄吧？其他人都有不在場證明嘛。」

「那可不一定。其實那時候沒時間讓她們搬運屍體，不太可能是她們做的。她們單獨行動，到我們離開小木屋這段時間，只有幾分鐘而已。從這點來看，她們也有不在場證明。」

「喔……有道理。」

「所以說，後來我們在猜『凶手』會不會是外面來的，不過這樣也很奇怪……總而言之，目前還沒有任何能幫我們鎖定『凶手』的線索。」

蜜羽又踢起水來，在泳圈上轉啊轉。

「那以妳的印象來說，感覺怎麼樣？」

蜜羽轉著問：「妳懷疑誰是『凶手』？亂猜也可以，告訴我嘛。」

幽鬼花了點時間整理思緒，回答：「……日澄或海雲吧。」

「喔？為什麼？」

「日澄這邊的話……就是，不曉得她在想什麼。如果她今天早上不來集合也不奇怪。」

真正的理由是感覺很像那個殺人狂，但幽鬼先不說。

「海雲則是……怎麼說呢，好像故意在隱瞞些什麼。她好歹也第十次了，可能是故意裝作很害怕，其實心懷鬼胎這樣。不過沒法證明她就是『凶手』。」

「啊～我了解妳的意思。」

「那蜜羽妳覺得『凶手』是誰？」

「我嗎？這個嘛……」

蜜羽也花了跟幽鬼一樣長的時間去想。

「我也覺得海雲很有嫌疑啦。都寫在名字上了。」

「名字？」

「這場叫做『CLOUDY BEACH』喔？海跟雲都對上了，絕對有關係啦。太引人遐想了。」

「……會不會真的是巧合啊？」

幽鬼皺起眉頭。

「玩家名稱是一開始就取好的吧。而且那也只是字面上對到，實際意思完全不同。」

「說得也是。」

看蜜羽咯咯笑的樣子，幽鬼覺得她只是隨便說說。

「不過呢，其他人我也信不過啦。畢竟玩家每個人都怪怪的嘛。就算不是『犯人』，搞不好也會有人想伺機對我下手。」

「咦……為什麼？」

幽鬼是純粹不懂而問。

這反應卻讓蜜羽傻住，一副不懂她為何不懂的臉，最後苦笑著對這個不開竅的人說：

「幽鬼，妳好純潔喔。都第四十四次了，怎麼還能這麼純潔啊。」

「什麼意思？」

「恨人跟被恨不是人之常情嗎，尤其是在這個行業裡。什麼時候冒出一個在以前的遊戲跟我有過節，發誓找到機會就宰了我的玩家，我都不會驚訝。」

「妳是想到誰了嗎？」

「那妳覺得沒有嗎？」

並不會。這樣不懂配合，我行我素的女孩，本來就是很容易樹敵的樣子。

「這件事跟幽鬼妳也不是沒有關係喔。」蜜羽說道：「像這邊這個我，就對妳有很不一般的想法。」

「……？」幽鬼又聽迷糊了。「我跟妳是第一次見吧？有在哪見過嗎？」

「沒有直接見過。」

昨天古詠也說過類似的話。

「可是我啊，從很久以前就知道妳的存在喔。」

蜜羽下了泳圈，站在與幽鬼同樣水深——淹到小腿肚的淺灘裡。

「告訴妳一個好消息。」

蜜羽招起了手。「耳朵借我一下。」

幽鬼很猶豫，因為蜜羽也有可能是「凶手」。在這個沙灘上只有她們倆的狀況下，接近其他玩家的風險很大。

可是，她還是輸給了好奇心。蜜羽似乎對幽鬼懷有「很不一般的想法」。「很久以前就知道」又是什麼意思？聽她的口氣，不像是單純聽說而已。

看起來，蜜羽的泳裝藏不了能夠切割人體的銳器，也沒有一點殺氣。在心中完成理論武裝，覺得靠近也沒問題後，幽鬼附耳過去。

但是——

那是個錯誤，幽鬼不該這麼做的。

蜜羽的下一句話，使得幽鬼腦袋一片空白。

「我啊，是御城的徒弟喔。」

（7／15）

御城。

和幽鬼關係匪淺的玩家。幽鬼是在第十次遊戲「SCRAP BUILDING」邂逅她，然後在永生難忘的第三十次遊戲「GOLDEN BATH」重逢。素有魔咒之稱，吞食玩家的「三十之牆」考驗，矗立在幽鬼面前。

幽鬼知道她有收徒弟，因為曾經遇過一個，還交過手。那人名叫狸狐，似乎受命殺死幽鬼，一知道她的身分就眼色大變殺了過來。

而御城的徒弟，不只一位。

這個不只一位的徒弟，掃倒了幽鬼的腿。

（8／15）

幽鬼無法反應。

雙腳瞬時離地，失去平衡。直到往上傾的視野映入了藍天和蜜羽得逞的臉，幽鬼才進入狀況。但發生在身上的事已無法中止，幽鬼摔進水裡濺起大把水花。

然後有重量從上方壓下來。

在海面與幽鬼吐出的氣泡遮擋下，看不清重量是來自什麼，但擺明就是蜜羽自己。她騎到了幽鬼身上。即使海水只有小腿高，被壓倒在水面下一樣會溺水。幽鬼按緊口鼻以防洩漏有限的氧氣，用仰臥起坐的方式起來。

「大概是一年前吧。」

蜜羽慢悠悠地對正在拚命的幽鬼說：

「我是在剛開始玩的時候認識她的。她那時好像在招徒弟……或者說願意當她手下的玩家。想挑心靈空虛，她說什麼就去做什麼的乖孩子。我啊，不是什麼乖孩子啦，不過心靈倒是挺空虛的，所以就被御城盯上了。」

幽鬼好不容易把頭伸出水面，卻馬上又被蜜羽按回海裡去。

「而我剛好也想找個師父，好讓自己活久一點，所以就變成她的徒弟了。真的是搞死我了，那個人一整天都在說妳的事，執著也太深了。根本就是會記恨小學老師一輩子的人。她還命令我們每一個徒弟說，要是她哪天有個萬一，就要代替她打敗妳。」

幽鬼的兩隻手都在試著奮力扒開蜜羽，卻被她輕易撥開。

「別緊張，我沒有殺妳的意思，我已經不當她的徒弟了。我的同理心才沒強到會那麼認真地在別人的怨恨裡參一腳咧。這讓我真的好羨慕其他人喔，她們都可以那麼投入地服從別人。那是我想做也做不到的事。」

不打算殺人是真的吧。即使到了此時此刻，幽鬼也感覺不到蜜羽有任何殺氣。但無論有沒有，在水裡淹太久還是會死。

「那麼問題來了，我會什麼還要這樣呢？那當然是因為好奇啊。御城整天把妳掛在嘴邊，我當然會想試試看嘛。可是照這樣看來，大概只是被她在心裡無限放大了而已吧。」

到頭來，幽鬼還是弄不開蜜羽。

最後是她主動退開。當幽鬼終於重獲自由把臉探出水面時，蜜羽已經撿回泳圈了。

「再見了，幽鬼。」

蜜羽丟下這句話就信步離去。

留在原處的幽鬼調整著呼吸喃喃地說：

「……真是率性……」

（9／15）

蜜羽走人以後，幽鬼可以在沙灘上安心散步了。走進淺灘，時而探探深處，將整個島的外圍繞了一圈，也試過游泳。

然而沒有任何值得一提的發現。試著在安全範圍內游得遠一點看看，但別說游上陸地，連可以當目標的陸地也沒有。連續兩天都沒有算得上收穫的收穫，讓幽鬼覺得可能真的什麼也沒有，這是一場只需要生存就能過關的遊戲。

空轉到最後，太陽也西沉了。心想該準備休息時，幽鬼忽然想到一件非常重要的事。昨晚所有玩家都是在小木屋過夜，但遊戲並無強制如此，今晚就不一定了。想野宿也行，不睡覺也可以。只要殺害永世的凶手還在這島上遊蕩，睡在不能鎖門的小木屋裡，比看過天花板四個角落再睡更危險。這可不是狼人殺，不必在固定地點等狼攻過來。

可是幽鬼始終猶豫不決，不知道是不是該真的那麼做。野宿不一定就能保證安全，何況她沒有任何準備。這座小島並非終日如夏，入夜了還是會冷。環境沒有親切到搬出床墊跟被子就能熟睡。熬夜戒備「凶手」襲擊，不是不行，但這等於是要在欠佳狀態下面對隔天以後——遲早會到來的最大難關，風險和睡在屋裡一樣大。

所以——到底該怎麼做呢？

（10／15）

夜幕降臨。

蜜羽在小木屋裡發呆。

（11／15）

雙眼明亮。

因為從沙灘回來以後，她睡了很長的午覺。現在她整個人躺在床上，身上還蓋著被子，但雙目圓睜，屋裡的燈也亮著。以自己也不知道是不是要睡覺的架勢，望著時間流逝。

通常人在意識清醒的時候躺在床上，就會想很多事。快喝膩彈珠汽水了，最近愛玩的手遊每日任務等。比起那些無關緊要的小事，白天比劃過的那個女鬼的分量要高得多了。

原來那就是幽鬼啊。還在當御城的徒弟時，那個名字聽到耳朵都快長繭了。還以為她會有多神，結果實際一試以後，才發現那多半只是御城的誇張妄想。只要動了殺心，幽鬼就已經死了吧。她不是神也不是鬼，就只是個普通人。

居然會執著於那種人，師父也真夠傻的了。意識的每個角落都被那種思想侵占的狸狐等其他徒弟，也都有同樣的思想。

「…………」

可是最後蜜羽心想，她們都沒有她自己糟糕。

無論是御城還是其他徒弟，每個人眼裡都充滿了衝勁和活力，沒有蜜羽那種輕

薄的氣息。對人類來說，幸福的多寡不過是怎麼欺騙自己頭顱裡那顆腦子而已。痴傻並不悲哀，比起連那種事都做不到的人，已經好太多了。

常有人說她自由率性。

她自己也這麼覺得。這世上的一切都束縛不了蜜羽。雖不會覺得人生乏味，但快樂不會留到第二天。沒有東西能讓蜜羽覺得「非它莫屬」，勾動她心中的齒輪。她的師父——以掌控他人為人生最大樂事的那個人，到頭來也沒能掌控蜜羽，讓她無比空虛。

然而蜜羽這樣的個性，或許正好適合這場遊戲。即使其他徒弟死光，師父也死了，蜜羽仍舊還活著。在專員邀請下反覆參加遊戲，終於來到了第三十場——「三十之牆」。會是這一次嗎？會將避無可避的現實推到我面前嗎？

蜜羽心底深處有著這樣的期待。

因此，即使小木屋的門開了，她也毫不驚慌。

（12／15）

對方堂而皇之地從正門進來了。

入侵者蒙住了臉，用永世穿過的東西——將那件實驗袍般的浴袍所切成的布條纏了起來。不僅是臉，布條纏住了入侵者全身，活像個木乃伊。但十之八九，裡頭是個女孩子。

而這個木乃伊對蜜羽有明確害意的證據，就是右手中不大不小的刃器。比匕首大，又比劍小。是所謂的開山刀吧。

毋庸置疑——她就是「凶手」。

「晚安呀。」

蜜羽從床上坐起，若無其事地打招呼。

如果想活下來，此時就該全力高聲尖叫，通知其他玩家「凶手」的存在才對。可是那樣有點丟人，而且叫了也不一定有人聽見。知道「凶手」在島上還沒有危機意識，敢在小木屋過夜的也只有蜜羽一個了。所以，她沒叫。蜜羽自認有勝算，不必求救。

「開始吧。」

說完，她利用彈簧跳下床。

拖著被子直線往「凶手」走。木乃伊也沒有被她逼退，但也沒有正面對決的架勢。沒握刀的手——手掌也被浴袍包住的左手，稍微動了一下。

蜜羽知道那是在做什麼。

因此——什麼也沒有發生。

「……！」

看不見木乃伊的表情。

但是，能感到她在緊張。蜜羽和前一秒一樣，仍直直往她前進。木乃伊錯愕得就像她不該如此一樣。

蜜羽沒錯過她精神上的震撼。

在木乃伊吃驚的同時——在蜜羽的感覺中，她在對方左手動作時就已經加速了。甩開被子，露出手腳，以拉長到極限的動作三步縱斷敵我距離。最後一步踏得特別強勁，且身體凌空打橫，用雙腳將所有動能分給對方。

是一記飛踢。

中了。胸口被狠狠踢中的「凶手」木乃伊大概是一時喘不過氣而退卻，蜜羽的追擊高踢再砸中她的臉，將她轟出小木屋，於是木乃伊整個人倒臥在小腿肚高的淺灘上。

蜜羽沒有放慢追擊節奏，自己也衝出小木屋，迅速拾起木乃伊掉的開山刀，身輕如燕地接近面部中了一腿，還沒能從傷害中平復的敵人。

然後毫不猶豫，對胸部就是一刀。

但感覺很輕。

刀輕易地穿透了木乃伊的胸膛，甚至感覺不到抵抗。

蜜羽放開開山刀，深達後背的刀在蜜羽放手也依然直立，讓蜜羽想到插在飯上的筷子。這種缺德的比喻立刻讓她不禁自嘲一笑。

「——再按也沒用啦。」

蜜羽對木乃伊說出對方聽不見的話。

「那種東西我早就在白天挖掉了。我才沒天真到會被那種三腳貓機關定住。」

蜜羽往小木屋看。正確說來，是往小木屋廚房的三角垃圾桶看。

當然，從屋外是看不見的，她看的是記憶中丟在那裡的物體。總共十二個，讓蜜羽吃了一段時間的苦頭。

她是在幾小時前注意到「那些東西」的存在。從午睡醒來後，茫茫然地注視自己身體時發現的。這一瞬間，蜜羽明白了支解永世的原因，那一定就是為了掩飾這個。這是「凶手」對「受害者」最大的優勢。就連來到五十大關的永世也躲不掉的死神鐮刀。

但蜜羽卻注意到了。

注意到以後——結果就是這樣。

「來。」

蜜羽的手指劃過木乃伊的臉。

「所以妳到底是誰呢，讓我看看妳的真面目吧。」

蜜羽動手扒開那些切得像繃帶一樣細的布條。包了很多層，比想像中費時不少，賣足了關子才終於扒完繃帶。

「……咦？」

而底下的東西，使蜜羽的表情僵住了。

隨後，蜜羽的頭部受到足以讓她失去意識的打擊。

（13／15）

天亮了。

幽鬼活著離開了小木屋。

（14／15）

想到最後，幽鬼還是決定不睡了。

同樣擁有淺眠技術都被殺了，表示睡眠是個頗為危險的選擇。於是她睜著眼睛在小木屋裡戒備「凶手」來襲，認為這樣是最安全的做法。

幸好，這晚平平安安地過去了。而且沒睡覺也讓她沒像前兩天那樣，藍里都來敲門了才醒，天一亮就來到了古詠的小木屋，以睡著聽不見，醒了會聽見的小音量敲門。

「我醒著。」

有人應門。

「進來吧。」

得到同意後，幽鬼進了房間。

屋裡沒開燈，只有幽鬼剛開的門和人能爬過去的窗口提供照明。

古詠就站在窗邊。

「咦？」

她看著幽鬼說：

「怎麼是妳最早？真想不到。」

古詠用探人隱私的眼神打量幽鬼。

「……哎呀，妳該不會是沒睡覺吧？」

並立刻看穿了她最早到的緣由。

「對啊。」

「照妳的猜想，遊戲還剩五天喔？這樣撐得住嗎？」

「我會盡力的……那妳呢？在小木屋裡睡嗎？」

幽鬼看著床說。有人睡過的痕跡。

「是啊，我年紀一大把了，野營熬夜那種事根本受不了。諷刺的是，我對睡眠的淺度很有自信。不必特別戒備，只要有人在我附近我就會醒。」

「……古詠，妳幾歲了？」

「二十八。在這一行是大嬸了吧？」

年齡與外觀相符，但以其氣質來說倒是年輕過頭。「……這樣啊。」幽鬼應聲之後，像前兩天那樣要往桌邊坐。

「慢著。」

古詠卻阻止了她。「不要再接近了。在那裡等到下一個人來為止。」

「咦？……喔，說得也對。」

這裡只有幽鬼和古詠兩個，是「凶手」殺人的絕佳機會，提高警戒是理所當然。幽鬼便乖乖在門口等。

體感時間幾十分鐘後，第二名玩家——藍里來了。進了房間，一看到幽鬼就露出不敢相信的臉，然後無法接受地道早。

幽鬼想著那張臉是什麼意思，同樣道早。

第三人很快就現身了，是真熊。日澄第四，最後是海雲一臉疲憊地進門。如果是熬夜，應該會更早來，所以多半是原本想熬夜，結果撐到一半不小心睡著，睡了個不上不下的時間被太陽照醒吧。

這樣就五個了，含古詠六個。

第七人，沒有出現。

（15／15）

3. CLOUDY BEACH（第44次）——第三天

（0／22）

事情發生在「CLOUDY BEACH」不久之前。

在窗簾拉上，沒開燈的陰暗房間裡，只有電腦螢幕放出光芒。螢幕前坐了一名少女，幾乎要把它盯穿。

螢幕上是一段宛如人間地獄的錄影畫面，人命一條接一條地殞沒。像是所謂的凶殺紀實。

那是「CANDLE WOODS」的影片。

在少女的業界裡，這場遊戲已蔚為傳奇。前幾天，她成功弄到了這段影片，使她從玩家變成觀戰的一方。

遊戲逐漸步入尾聲。

「——才不會輸給妳這種下三濫！」

影片裡，有個女孩如此大喊。

給人感覺像女鬼一樣，穿的是兔女郎裝。玩家名稱幽鬼，是高手白士的徒弟，繼承了她破關九十九次的野心。在這一幕，她正在大聲斥喝在「CANDLE WOODS」大肆殺戮的殺人狂伽羅。

當螢幕播出這段畫面，少女的表情變得殺氣騰騰。

就是她。我遲早要跟她一決死戰──

（1／22）

蜜羽在自己房間裡被分屍了。

（2／22）

大致上，情況和永世一樣。

手腳截斷，軀幹擺在桌上，內臟散布於周圍。一般人很難見到這種屍體，但幽鬼已經看過好幾次了。

這個女孩昨天還差點淹死幽鬼。但幽鬼不僅沒有希望她趕快死一死的想法，反而可憐起她來。見到開始對彼此有些認識的人死得這麼慘，實在令人難受。幽鬼提醒自己，別將情緒表現出來。

不僅是幽鬼，目前還活著的六名玩家全都來到了蜜羽的小木屋。看她遲遲不來集合，就跟昨天去找永世一樣，過來叫她了。

結果——她的下場也跟永世一樣。

「我們今天就——」

開口的是古詠。

「連同這件事，好好談一談吧。」

古詠說完就要離開。是要和昨天一樣，回自己的小木屋吧。

「請等一下。」

幽鬼叫住她：「我們今天就在這裡開會吧。」

「——為什麼？」

古詠看看幽鬼，再看看桌上的蜜羽。

「要在她靈前說嗎？」

「對。不然像昨天那樣屍體消失就不好了。」

幽鬼這句話，使某個玩家一臉的疑惑。

那就是真熊。她昨天都是單獨行動，自然不知道永世屍體神祕失蹤的事。

「永世的屍體不見了。」

幽鬼為她解釋：「昨天散會以後，我直接到永世那裡去，結果已經不見了。」

「是喔……原來那不是妳們收走的啊？」

真熊如是說。看來她昨天也到過命案現場。

「的確是先顧一下比較好。」古詠說：「各位，都可以嗎？」

見其他人都沒意見，便決定在這開會了。

玩家先從打掃房間開始。至少將蜜羽四散的屍塊放回正常的位置，然後蓋上被子，幾個人為她合十。變成棉花的血液也大致收拾好，六人圍著先前還擺放蜜羽軀幹的桌子坐下。

真熊坐在幽鬼正對面，和昨天一樣穿泳裝，不過布料面積變多了，手腳等處裹上了布。

「真熊，那什麼東西？」

「嗯？」真熊往綁在略低於左肘的布看了看。「這是永世穿的浴袍，我昨天到她房裡借來的。」

「呃，這我看得出來……我是說為什麼要包？」

「昨天受了點傷，拿來當繃帶嘍。」

幽鬼眉頭一皺。

受傷？這個有副鋼鐵身軀的人？

幽鬼還想追問時間地點時，被古詠打斷：「那麼，我們開始吧。」就先作罷。

「首先，請各自報告自己昨天做了什麼。」

古詠掃視所有玩家，最後視線停在藍里身上。

「不介意的話，可以從妳開始嗎？跟那兩個說說昨天發生了什麼事。」

那兩個——指的是真熊和日澄。

「啊，好。那個……」

藍里說起昨天的經過。朝會結束後，她們留在古詠的小木屋裡聊了幾句，然後從蜜羽房間討回食物，再到永世的小木屋去——發現遺體不翼而飛。

與她同行的五個人，幽鬼、藍里、古詠、海雲、蜜羽，都有不在場的證明。

也就是說，能夠隱藏屍體的人是……

「有嫌疑的只有妳們兩個了。」古詠說道。

玩家們的視線集中在昨天最早離去的真熊和日澄上。

「不關我的事。」

真熊回答。日澄雖沒出聲，但也搖了頭。

「這樣啊。所以說，犯人不在我們之中了吧。」

幽鬼往真熊看，又注意起她纏在身體各處的布。

「真熊，妳是在哪裡受傷的？」幽鬼問。

「啊？」

「妳不是昨天受的傷嗎，可以告訴我是什麼時候在哪裡弄的嗎？」

「妳這是什麼意思？」

「就像古詠說的那樣，在物理限制上能夠隱藏屍體的就只有妳跟日澄了。妳們兩個昨天開完會以後說想要單獨行動，然後到了今天，妳受傷了——就像和某個人打鬥過一樣。」

「妳是想說我是『凶手』嗎？」

真熊沒有威嚇的樣子，但幽鬼仍為壓迫感繃起了臉。

「不會有那種事。如果我是『凶手』，就沒必要天黑以後偷偷殺，在這裡就能把需要的量一次幹掉。」

「說不定『凶手』身上有某種我們不知道的限制啊。比如一晚只能殺一人，或不能洩漏身分之類的……考慮到這些，妳是有嫌疑沒錯。」

「…………」

「能請妳說說嗎？」

幽鬼和真熊互看了幾秒。

最後是真熊先別開眼睛，說道：

「就只是被樹枝刮到啦。我昨天在樹林裡走了一整天，不知不覺就到處都是刮傷了。穿這種泳裝走來走去，受傷是理所當然的吧？」

的確是這樣沒錯，尤其是真熊體型這麼高大的玩家。

「沒陷阱還受傷這種事，對我來說很丟臉，所以才不想說。要不要順便看看傷口？」

「……不了，我相信妳。謝謝妳的配合。」

幽鬼這麼說之後，真熊也說：「不客氣。」

「那就繼續吧。」古詠對藍里說：「說說接下來發生的事。我們把小木屋調查了一遍……然後呢？」

（3／22）

在這之後，會開得很平順，每個玩家都說了昨天的經歷。

首先是藍里。調查過殺人現場以後，她進入圍繞沙灘的樹林，思考該如何籌措裝備對付「凶手」，並尋找可供野營的地點。至於準備了什麼樣的裝備和睡在哪裡等細節就沒透露了，只說她沒在小木屋裡過夜。

接著是幽鬼，調查完殺人現場後，她在海灘上漫步，也探了探水深的地方，但是沒有任何收穫。與蜜羽見過面，有過一小段對話的事也說了。差點被她淹死的部分則因為害怕惹來誤會，再加上有點可恥，沒有說出來。

再來是古詠和海雲。調查過殺人現場後，她們都只是待在自己的小木屋。比起古詠，幽鬼比較好奇海雲在小木屋裡做些什麼，畢竟她昨天表現出不願讓人搜查房間的樣子。然而現在氣氛不適合那樣逼問，只好忍住。

接下來是真熊。她和藍里一樣，也是野營。長時間遊蕩在林中尋找合適地點，以致弄出了剛剛那些傷口。與前四人相比，她透露得相當少。準備野營不像是能耗掉一整天的事，所以幽鬼猜想她還做了其他事，並懷疑受傷其實是因此而來。

然後是最後一人——日澄。

「我什麼都沒做。」

她只說了這麼一句。

「……是說妳整天都待在小木屋裡嗎？」

日澄隨古詠問話而點頭。儘管證詞疑點重重，深入逼問還是太過突兀，所以也就算了。

對於遊戲細則和「凶手」的真面目，都沒有進一步消息。不知是誰也沒發現，還是有人刻意隱匿。總之集會就此結束，真熊和日澄跟昨天一樣迅速離席。

不同的是，在場只剩下四人了。

（4／22）

氣氛凝重。

原因很明顯，因為少了蜜羽這個會隨便開人冰箱拿東西吃的率性玩家。現在才知道，她對氣氛的影響有多大。

幽鬼往蓋在被子底下的蜜羽看。那我行我素的舉止，現在反而令人不捨，覺得這樣的人死了怪可惜的。

「——我就直接問了。」

古詠開口：

「妳們覺得她們怎麼樣？」

「她們」是誰，自不在話下。就是堅持單獨行動的兩人，不在這的兩人，有搬運永世遺體嫌疑的兩人——真熊和日澄。

「懷疑是會懷疑啦。」

幽鬼回答：

「但以她們來說嘛，還是說不太通。時間實在是不夠在我們到小木屋之前藏起屍體。」

扣除流出的血液，永世的遺體還是有幾十公斤重。就算肌肉強勁的真熊和日澄一起搬，也很難短短幾分鐘就收拾乾淨。

「……再說，為什麼要搬走屍體？」海雲問：「是怕我們在詳細調查下會查出什麼來嗎……？」

「這樣的話，這次說不定會有發現。」

藍里這麼說，並往疊在房間角落的屍體看。

然後轉向幽鬼。

「幽鬼，妳在懷疑真熊嗎？」

「是有啦。」幽鬼回答：「但也只是比其他人多一點而已，沒有強到哪裡去。她的態度是有點怪怪的，不過她以前就是這樣了。算是獨行俠吧。」

都玩了超過三十次，玩家自然會形成自己的遊戲風格。

幽鬼是賣玩家人情，薄利多銷廣結朋友的「利他型」。過去曾交過手的大小姐御城則是企圖任意操縱玩家的「掌控型」。雖尚未超過三十次，卻能避開「CANDLE WOODS」這般危險場次的古詠，說穿了就是「膽小型」。

以此說來，真熊則完全是「孤傲型」。由於個體能力高，故以生存為優先。她的求生戰略裡沒有他人的存在，因此不時會與其他玩家起衝突。算是與蜜羽相反方向的率性。

她在過去也發生過孤立無援的事。以那樣的態度斷定她就是「凶手」，未免太過輕率。

「可是，她好像在隱瞞些什麼……被樹林刮傷的事，絕對是騙人的。」

真熊也不是會隨隨便便受傷的人。若不是像幽鬼先前說的那樣，與人打鬥而受傷──就是發生了足以讓她受傷，媲美「三十之牆」的異常狀況。

「那……那個……」海雲開口問道：「我有個不太禮貌的問題，可以讓我問一下嗎？」

「怎樣？」藍里問？

「目前是一晚一個嘛。然後以遊戲存活率來看，會死三個人不是嗎，那麼……遊戲該不會今天就結束了吧？」

「啊……」

不會不禮貌，還很重要。

一不小心就熱衷於緝凶起來了。這是求生型遊戲，不需要猜「凶手」也不需要揪出來，讓她殺到需要的數量，遊戲就會結束。

「到頭來，還是不知道這是在玩什麼呢。」

古詠說道：「不過呢，大致上跟幽鬼想的一樣吧。不特別明示，是因為不怕玩家誤會。『凶手』以外的玩家，只要活過一星期就好。問題是，『凶手』需要殺幾個人。」

肯定是至少兩人，畢竟已有兩人受害。若只論可能，則最大可以高達七人。從遊戲為期一週來看，剛好是一晚死一個的量。

然而這麼一來，「凶手」的勝利條件未免太過苛刻。考慮到遊戲固有的存活率，所需數量不會那麼大才對。

「一般來說，差不多是三個吧。」

幽鬼說：「但是要注意，現在還不知道遊戲算不算今天結束。一晚殺一個只是猜測，不是一定。『凶手』也可能殺兩個以後，決定今天休息一下。」

「這部分真的很讓人在意耶。」藍里說：「永世和蜜羽都是晚上遇害，而且一天一個。是有非這麼做不可的原因嗎？」

這是以海上孤島為舞台的暴風雨山莊型遊戲。

若「凶手」的殺人手法有諸多限制，其實也不足為奇。例如在夜間殺人才算數，或者必須在小木屋裡殺。把屍體弄得滿地都是，說不定也是條件所致。幽鬼不是「凶手」，無從得知。

除此之外，遊戲還有很多未解之謎。現在資訊量太少，只知道有「凶手」存在。會是故意設計成這樣，要玩家自己推理嗎？那這樣對幽鬼很不利。因為她存活到現在靠的主要是直覺，不是頭腦。

為了提高存活率，我究竟該怎麼做呢。當幽鬼試著動腦時——

「……不行，好想睡。」

頭痛和睡意使幽鬼繃起了臉。

為戒備「凶手」來襲，幽鬼已一夜未眠，這傷害正侵蝕著她。若不找機會補個眠，恐怕會很危險。

「先吃點東西怎麼樣？」

古詠指著失去主人的冰箱說。

「可以稍微提個神吧。」

「那好吧……」

幽鬼跪著爬到冰箱邊，取出一瓶汽水，到廚房找東西按下彈珠蓋。

然後往擺在流理台水槽角落的垃圾桶看。

裡面是空的。

（5／22）

之後，四人將現場調查了一遍。

扣除桌邊的棉花已經清空和遺體仍在屋裡，幾乎和昨天永世的小木屋一樣。相對於屍體被嚴重肢解，房間可說是沒受到任何傷害。連棍棒在地板敲出凹痕，或桌面被刀子劃傷的事都沒有。

房間部分結束後，她們開始檢查屍體。揭開裹屍布一看——死狀悽慘的蜜羽就在那裡，並沒有和永世一樣消失。雖然各部位都擺回了原來的位置，可是接縫處沒有一個是乾淨俐落，被拆得亂七八糟。

「弄得滿地都是也是故意的嗎？」古詠問。

幽鬼沒有答案。有可能是為了隱蔽死因等實質理由，也可能對方就是喜歡這樣。而在幽鬼看來，後者的可能還不低。

「斷面不怎麼整齊耶。」

藍里看著右臂斷面說。

「不是被銳利刃器一刀兩斷那種斷法，是在一個地方剁了好幾次才終於斷掉的感覺。」

「也就是說……『凶手』不太會用刀？」幽鬼問道。

「可能是，也可能是故意的。把屍體弄得滿地都是，和手腳切得亂七八糟，性質上是一樣的。」

藍里面有難色地思索起來。幽鬼也模仿她的表情，但沒有收穫。

檢視完屍體後，四人就此解散。藍里說她突然有事想查清楚，便往永世的小木屋去。古詠和海雲則各自返回自己的小木屋，要和昨天一樣，待一整天的樣子。

目送三人離去的幽鬼開始想自己要做什麼。

這場遊戲九成九是求生型，只要沒被「凶手」相中，基本上就是躺著過。從「凶手」的角度思考，最輕鬆應該是從最弱的開始殺，但事實上完全不是如此。第一個犧牲者是來到五十大關的高手永世，第二個也是三十大關的自由人蜜羽。別說

從弱殺起了，根本是從強的開始。第三個目標會是幽鬼的可能很高。

奇怪的是，不僅是永世，連蜜羽也這麼容易就死了。昨天在沙灘上把幽鬼玩弄於股掌之間的那個女孩，有可能在認知到「凶手」存在的狀況下完全無法抵抗地死去嗎？如果真是這樣，會不會是這場遊戲有什麼祕密，藏有連永世和蜜羽都要喪命的陷阱呢。

說到藏，真熊也是。那些所謂草木造成的無數刮傷，究竟是怎麼來的？如果那不是在隱瞞「凶手」身分，會不會是因為她發現了這遊戲的機制，關係到能否倖存的最大資訊呢？會是因為手上握有這條資訊，才不惜背負「凶手」嫌疑也要隱瞞到底嗎？

不如去找她問問看吧。

幽鬼就此進入樹林。

（6／22）

運氣不錯，很快就找到真熊了。

應該說是顯示她可能就在前方的東西。前天和眾玩家一起巡過的樹林裡，多了當時沒有的陷阱。

構造很簡單，就是幾枝削尖的竹子插在地上而已。

但陷阱就是陷阱，明顯是人造物，幽鬼很肯定這是真熊的手筆。儘管藍里也在林中野營，但不太可能會是她設的。可能傷害並非「凶手」的玩家——造成與其他玩家不和的事，只有真熊這樣的個人主義者會做。

真熊的巢穴就在這前面。

設置陷阱，就是為了阻擋入侵者，而她握有的「祕密」也多半就在那裡。路上需要通過層層陷阱，危險不小，但毫無作為的風險也不低。要是「凶手」將幽鬼選作第三個目標，她一點也不敢保證自己能夠存活下來。為了提高存活率，能做的全都得做。

於是幽鬼繼續前進。

（7／22）

藍里回到了自己的小木屋。

（8／22）

四人解散後，藍里前往永世的小木屋。她只對其他玩家說「有事想查清楚」，但沒透露真相。儘管沒騙人，但故意用了會讓人誤會的說法。她不是因為「有事想查清楚」而過去調查，就只是去永世的小木屋拿所需物品。

具體上，需要的是她的服裝。

她的櫥櫃裡還有那些會令人聯想到實驗袍的浴袍，看來真熊沒有全部拿走。

藍里將浴袍帶回自己的小木屋，再將房裡鉅細靡遺地檢查一番，確定沒有玩家溜進來以後，她坐在沙發上，低頭看著自己的左臂，仔細按壓蜜羽的手遭截斷的位置——肘部往上一點點的地方。

異物感使她停下動作。

被她料中了。

皮膚底下植入了藥錠大小的物體。一內一外各一個，位置正好相對。周圍皮膚沒有切開的痕跡，手伸直也感覺不出來。除非像這樣強烈懷疑而特別去檢查，基本上不會發現。像藍里在遊戲開始至今三天以來，對它一點感覺也沒有，其他玩家應該也是。知道的多半只有「凶手」、藍里和真熊。

異物的觸感讓藍里立刻明白了分屍的原因，就是為了藏起這個。永世和蜜羽毫無抵抗，也是因為它。早上真熊為何全身到處纏上白布，就是要掩蓋摘除異物的痕跡。

這就是遊戲對她們設下的陷阱。

植入式的裝置。

在遊戲開始之際，官方在玩家全身各處植入了這種裝置，為的十之八九是提供「凶手」優勢。第一個能想到的功能是發訊器，會隨時將玩家位置傳給「凶手」。這島上多得是地方能躲，有這樣的東西並不奇怪。藍里原先猜想的是「凶手」說不定是跟「觀眾」共享畫面，但沒有那麼簡單，直接就把位置告訴她了。既然這樣，睡小木屋或野營的安全度並無差異。

然後，從永世和蜜羽之死來看，那裝置應該還有其他功能，很可能是電擊。再進一步檢查全身後，她發現右手也有兩個，雙腳各有四個，總共十二個。如果猜得沒錯，玩家將在裝置啟動時全身麻痺動彈不得。如果「凶手」手上還有能夠控制這裝置的遙控器呢？如果她在藍里面前啟動了呢？必然是不堪一擊，「凶手」愛怎麼砍就能怎麼砍，像永世或蜜羽那樣的高手也沒轍。

只要這東西還在身體裡，藍里就沒有安全可言。

「……一定要趕快弄掉。」

藍里喃喃地說。

雖然有無電擊功能還不確定，就算有也不會沒有使用限制。從目前一晚死一人來看，很可能是一天限一次，而且必須是夜間。但無論有何限制，這威力都補得回來還有剩。既然知道了它的存在，就不能坐視不管。

必須儘快摘除才行。

藍里將手探進露肩泳衣。

取出玻璃製的刀。

那是她昨天打碎永世小木屋窗戶加工製成的。雖然不怎麼銳利，藏在泳裝底下也不會有問題，但至少還能挖開皮膚，取出底下的異物。

藍里站在廚房裡。

用刀尖敲敲植入裝置的位置。一想到接下來要做的事，感覺就很不舒服，但她告訴自己非做不可。或許可以找到更好的工具，不需要用這種鈍刀，例如拆解微波爐取得金屬零件，或抽出蜜羽的骨頭削尖等。這樣或許會比較切中要點，但那些一樣是急就章的工具，抹不去「或許還有更好選擇」的疑念。過度要求完美，肯定會陷入泥淖，必須趁早妥協，斬斷迷根。

於是藍里往抵在皮膚上的刀用力。

她沒有別開眼睛。她原本就不是膽小的女孩，小時候打預防針當然也是緊盯著針頭。當母親說家裡狀況無法支持她上高中時，她也很懂事地斷念。在「CANDLE WOODS」人家給她刀子要她殺人時，也沒有躲進逃避現實的牢籠裡。在第三十場遊戲被困在雪山時，也沒像其他玩家那樣慌亂怨尤，很單純地接受現實。

據說人想過得幸福，就必須掛上樂觀濾鏡。

那麼藍里認為，自己恐怕一輩子都無法幸福。

要不是發現了這種東西，她也不會對自己下刀，也不會嘗到讓心跳變兩倍快的痛楚。儘管她不是第一次手臂受傷，但痛一樣會痛。覺得叫出聲來會壞事，所以她咬住了從永世那弄來的浴袍。原本是為了不讓傷口湧出的棉花掉到地上而在廚房弄，結果根本沒有那種餘裕。等到如願挖出藥錠大小的裝置時，她已經在床上喘個不停了。

藍里的汗水如漫畫般滴個不停，捏起裝置扔進廚房的流理台圾桶。接著強行扭動稍微動一下就很痛的左手，用右手碰觸外側植入裝置的位置。藍里堅強如常的理性，極為冷靜地道出那數字。

還有十一次。

（9／22）

時間大概不到三十分鐘。

可是對藍里而言，卻是漫長得像是經歷了一次輪迴的地獄。摘除全部十二個以後，藍里再仔細檢查全身一遍，以防漏網之魚。就她能找的範圍內，一個也沒找到。說不定還有第十三個植入在心臟邊，之前的努力全都白費，不過藍里依然沒有失去冷靜，知道到時候也只能聽天由命。

接著藍里纏上用浴袍切成的布條遮掩傷痕，變得跟今早的真熊一樣。從其他玩家都不是這樣看來，發現裝置存在的只有藍里跟真熊而已。在「凶手」優勢減半的情況下，藍里不太可能會繼永世和蜜羽之後成為第三個目標。

現在，藍里很苦惱該如何處理「凶手」能用電擊麻痺「被害人」這件事。她的遊戲風格和幽鬼一樣，會在合理範圍內協助他人進行遊戲，可是揭露這件事，對她而言已經超過「合理範圍」。要是所有人都摘除了裝置，那麼藍里又要面臨成為目標的危險，「凶手」也可能因為藍里公布這件事，為自己失去優勢報復她。是否公布讓藍里猶豫了很久，最後決定暫時保留，明天集會再決定。

總之，防禦做好了。

接下來──是攻擊。

裝置的存在，給了藍里一個線索。理論上「凶手」以外的玩家，身上都還有裝置，也就是說將她們搜身就能輕易辨識「凶手」。雖然「凶手」或許會像「CANDLE WOODS」那樣，身上植入了其他或偽裝裝置，但也很可能根本沒這種事。至今她對於「凶手」都是毫無頭緒，被迫一味防禦，如今總算得到了攻擊手段，豈有不好好利用的道理。

這是求生型遊戲。玩家只需要活過一星期，完全不必猜測犯人身分。然而——藍里很懷疑遊戲會像預設的那樣結束。假如她是「凶手」，她就是藍里猜想的那個人，那麼現在猜想的將有三名犧牲者，可能滿足不了她。事情可能像令人終生難忘的那場遊戲——「CANDLE WOODS」一樣，出現遠超遊戲設計所需的死者。

有查明的必要。

說不定，還需要思考該如何對付她。

藍里就此前往日澄的小木屋。

（10／22）

日澄。

像一朵雲，難以捉摸的玩家。

坦白講，藍里認為她很危險。昨天，藍里就對幽鬼提過這件事，伽羅的徒弟可能加入了這場遊戲，而她強烈懷疑那就是日澄。

永世和蜜羽的屍體都遭到嚴重肢解。若是為了取出裝置，隱蔽其存在，是說得通沒錯，但藍里不認為那是唯一目的。事實上，藍里就已經從屍體斷面不自然推理出體內可能有植入物了，根本沒達到隱蔽效果。只能往有其他目的的方向想。

思考會是什麼時，她聯想到的自然是那個殺人狂。殺害了三百名以上玩家，將整個業界逼入垂死之境的大惡魔伽羅。考慮到「CANDLE WOODS」的倖存者藍里和幽鬼都在一個遊戲裡，那麼她這樣做的答案只有一個——那就是傳達訊息。宣告伽羅的徒弟潛入了這場遊戲，要重現「CANDLE WOODS」。別說是將伽羅送入地獄的她們倆，其他玩家也會被她拆成肉塊。若這樣想，事情就有完美解釋了。

然後。

最可能是那個徒弟的玩家——就屬日澄了。

「…………」

藍里的理性對她說，妳簡直亂來。

根本是妄想症。通篇推測再推測，無非是空中樓閣。藍里自己也知道，這等於是強加之罪。她的精神構造沒有簡單到會被妄想蠱惑。

但是——那樣的屍體實在太獵奇了，在這賭命的世界裡也難以得見，使她不得不往與伽羅有關想。偏偏藍里自己也怕又遇上「CANDLE WOODS」那樣的事捲土重來。即使根據薄弱，她也放不下這份疑念。

既然放不下，就非得查明不可了。

若是誤會，事情就到此為止。

藍里敲響了日澄小木屋的門。等了一會兒，門悄然開啟，日澄現身。用她三白——甚至四白的眼盯著藍里。

「怎樣？」還這麼問。

「有件事我想拜託妳……」即使被那異樣的氣氛震懾，藍里仍說出了口。

「怎樣？」

「可以讓我搜一下身嗎？」

「為什麼？」

只能跟她說了。藍里開口：

「我發現玩家體內被植入了某種裝置。」

她摸著纏在左手的布條，日澄也往自己的相同位置看。

「那可能是有定位功能的電擊裝置。永世和蜜羽那樣的老手都被輕易幹掉，很可能就是因為那些東西。我是也是前不久才發現，就趕緊全部挖出來了。」

日澄觸摸起自己的手臂，是在確認真偽吧。這不像「凶手」會做的事，但無法排除演戲的可能。

「可以讓我檢查一下嗎？」

藍里繼續說：「應該可以用有沒有這個分辨是不是『凶手』，就讓我看看妳身上有沒有吧。很快就好，拜託……」

說著，藍里向前一步。

但日澄也退了相同距離。

「——不要。」

她說。

「不要過來。」

「……為什麼？」

「不要靠近我。」

是在擔心藍里會是「凶手」嗎——還是裝出來的呢。

這麼想的藍里展開雙手說：「我沒帶武器。」

「騙人，藏在泳衣裡。」

藍里看了看自己的露肩泳衣。裡頭的確是有可能藏東西，直到剛才都是這樣。

「我沒有藏。」

藍里說：「如果妳堅持，我可以脫掉。有點害羞就是了……」

「走開！」

藍里很錯愕。因為日澄突然對她大叫，這還是第一次聽到日澄大叫。

日澄已是備戰狀態，所謂一觸即發的感覺。藍里試著思考該如何解釋這態度。是純粹警戒，還是她就是「凶手」，想躲避調查？無論如何，這樣很難確認她有無裝置。

「那好吧。」

藍里說：「我就不搜身了，回答我一個問題就好。」

「……什麼問題？」

「妳聽過一個叫伽羅的玩家嗎？」

日澄睜大了眼。看來那個四白眼還不是完全張開。

「她人如其名，有伽羅色的頭髮。如果妳知道些什麼——」

藍里的話斷在這裡。

因為日澄對她掃出手刀，攻過來了。

（11／22）

玩家禁止攜帶武器進入遊戲。

因為遊戲中出現主辦方設想以外的武器，恐怕影響遊戲進行。能帶進遊戲的，就只有自己的身體、指定服裝，以及髮飾、眼鏡等一小部分例外。

但反過來說，若將部分人體改造成武器就不在此限。在小小差異就能決定生死的這個世界裡，有許多玩家在摸索此道。

最常見的例子，是指甲。

雖沒有刃器鋒利，但至少能磨尖。只要擊中眼球或喉嚨等要害，還是能造成致命傷。

日澄的手刀瞬時來到甚至無法對焦的位置。

藍里向後跳開。

退得比日澄踏進還要快。倉促之間，她無暇顧及姿勢而向後倒下，摔在小木屋周圍的淺灘裡。

想起身時，日澄也眼露凶光地逼來。

藍里的雙手抓住她抓過來的雙手，以日澄在上，藍里在下，雙手無暇他顧的姿勢拚力氣。

「——妳認識她嗎？」

藍里說：

「妳見過伽羅嗎？她跟妳有關係嗎？」

「有又怎麼樣？」

日澄用力得像是眼睛都要噴出來一樣。

「認識她又怎樣？是她的徒弟又怎樣？想說我很懂分屍嗎？想說我一定會像師父那樣發狂嗎？」

師父、徒弟這些詞藍里都沒提，全都被她自己說出來了。

「每個人都這樣！用刻板印象去看別人！我是我自己！有自由意識和肉體的獨

立個體！不要隨便給我貼標籤！」

大概是不習慣吼叫吧，她邊說邊調整音量。

「聽好！我現在只是跟妳們和平相處而已！遲早會把妳們全部殺掉！連骨頭都不剩！就算妳們全死了，我也會活下來！」

真是狗屁不通。藍里心想，她每一小段好像都很合理，連在一起卻前後矛盾。了解的只有一件事，那就是再這樣下去會被她殺掉。

迫於無奈，藍里只好狠下心來。

以膝頂攻擊日澄的腹部。

開始反擊。

這使日澄不禁一嘔而短暫退縮，藍里趁機脫身，嘩啦啦地踏水逃跑。

「站住！」

日澄雖這麼說，可是她起身時距離已經拉得太開。再加上兩人身高差距，不可能追上了。

藍里上到陸地就橫越沙灘，直衝樹林。

並維持著速度思考。

她無法肯定，也捨不下懷疑。能確定的是日澄對殺人狂的名字反應很不尋常，足以間接證明她是伽羅的徒弟。

真的就是她了嗎？

（12／22）

幽鬼撤退了。

愈往前進——愈接近真熊的居所——陷阱就愈凶狠，也愈難發現。在避開陷阱上有絕對自信的她，卻還是著了對方的道，掉進陷坑裡。幸好成功避開插在坑底的尖竹，沒被插成蜂窩，只受了一點擦傷。至此，她認為再繼續下去太過危險。必須撤退。懷著這次一直在白忙的懊惱，走過樹林。

「……啊。」「啊。」

不久，遇到了藍里。

「……好久不見。」「好久不見。」

藍里見到幽鬼渾身擦傷而問：「妳怎麼受傷了？」

「我想去找真熊……結果中了她的陷阱。」

「喔……」

「那妳怎麼也受傷了？」

藍里雙手雙腳都有纏布條，跟真熊早上一樣。

「……就給妳自己猜嘍。」

這反應也和真熊早上一樣，似乎有所隱瞞。仔細一看，連位置都跟真熊一樣。

「…………」

幽鬼按壓起自己的手臂。

（13／22）

與藍里告別後，幽鬼前往小木屋。

不是自己的，是永世的。也就是朝會結束時，藍里說「有事想查清楚」的地方。在那裡，幽鬼拿走了曾屬於永世的浴袍，並從果然破了的窗戶取得玻璃碎片，回到自己的小木屋。

然後坐在沙發上觸摸手臂。

和先前一樣，有異物感。

真熊手腳都纏了布，藍里也以同樣姿態現身。幽鬼沒傻到不懂這種「巧合」有什麼意義。在這場遊戲裡，除「凶手」外的所有玩家都被植入了某種裝置。功能多半是能夠發出電擊之類的東西封阻玩家行動，也就是專供「凶手」使用的特殊武器。說不定還有定位、回報生理數據等功能。

今早調查的蜜羽屍體，應該沒這種東西。是凶手挖走了吧，分屍就是為了掩飾這一點。但藍里還是注意到了這一點，使幽鬼不禁讚嘆。

但另一方面，她也為自己沒注意到而懊惱。這應該不至於想不到才對。因為在第三十場遊戲「GOLDEN BATH」裡——即使並非遊戲所提供，最後也只是未遂——她也曾暗藏裝置參加遊戲。或許是不該熬夜吧，幽鬼反省著來到廚房，準備用玻璃碎片挖出裝置。

在過去的遊戲裡，幽鬼甚至有過四肢都被切除的經驗，這對她來說並不難。她回想著藍里裹布包紮的位置，忍受疼痛摘除十個裝置——

「……啊，好險。」

最後在腳底也發現裝置。

藍里穿海灘鞋，所以腳上沒包紮，一時沒想到那裡也有裝置。挖出腳底的以後，總共來到十二個。幽鬼再全身仔細檢查一遍，確定沒有漏網之魚。

然後才鬆了口氣。

雖然情報是別人給的有點丟臉，但總歸是能安心了。「凶手」今晚挑選幽鬼為目標的可能降至極低，就算遇襲也有抵抗的餘地。

心一安下來，睡意就來了。

就睡一下吧。幽鬼心想。

她就此躺上了床。不至於高枕無憂，但現在身上沒有裝置，死人也都是出現在夜晚，補個眠應該是無所謂。幽鬼緊抓著意識邊緣，使意識沉入海中。

然後——夜晚來了。

（14／22）

半夜。

真熊跳了起來。

（15／22）

真熊人在用床單搭的簡易帳棚中。

即使是強悍上無人能出其右的真熊，野營起來也是需要一定的準備。就算做了點偽裝，帳棚這東西還是很顯眼，但發現容易接近難。她在四周設置了許多不分敵我的凶猛陷阱，且萬一「凶手」真能突破，綁在真熊手腕上的樹藤也會報訊。

而這個萬一，就在剛才發生了。

真熊不到一秒就完全清醒，出帳棚查看。找也不用找，入侵者就站在距離帳棚出入口幾公尺距離外。

全身纏繞繃帶，活像個木乃伊。

真熊一眼就看穿那些繃帶是用永世的浴袍切成的，因為她昨天就做過同樣的事。在黑夜裡能看清對方的模樣，是因為木乃伊左手有燈。不是手電筒或提燈那樣的照明器具，是手機大小的電子設備螢幕發出的光。而真熊已經猜到那電子設備是做什麼用的了。

面對直線走向帳棚的木乃伊——

「——我已經弄掉了。」

真熊說：

「把那用在我身上，不嫌太浪費了嗎？」

木乃伊沒有回答。

於是真熊拿出證據，將原先放在帳棚裡的那些東西——當然有注意絕緣——扔在地上。

那是十二個藥錠大小的裝置。

「依我看……那個裝置一天只能用一次吧？不管電了誰，都會進入二十四小時的冷卻時間。沒有立刻殺掉三個人，慢慢一天一個的原因就在這裡。」

木乃伊沒有回答，真熊繼續說：

「而且功能不只電擊吧。從找得到我來看……還有定位功能吧？都弄掉了還沒發現，表示它沒有偵測脈搏體溫那些功能，才會撲了個空。」

「妳是怎麼發現的？」

木乃伊說話了。

那聲音讓真熊很驚訝，因為屬於意想不到的人物。

「咦……原來是妳啊？真想不到。」

「妳是怎麼發現的？」

「怎麼發現？我才想問妳怎麼會這樣問咧……」

話雖如此，真熊仍回答了問題。

「我可是很關心自己身體的人，被植入這種東西當然馬上就發現了。想說可能有需要，先留個一天看情況，第二天就馬上摘除了。很遺憾，妳應該第一天就幹掉我的。」

「有告訴別人嗎？」

「誰會做那種事啊，妳以為我是什麼人？話說早上開會的時候，好像還沒有人發現，妳就挑她們幾個下手吧。」

木乃伊沒有回答。

她直接關閉螢幕背光，消失在黑暗裡。確定她的身影和動靜都遠離之後，真熊才回到帳棚，將樹藤重新捲上手腕，恢復幾分鐘前的姿勢閉上眼睛。

她就是「凶手」。

這必然會導出另一個事實。儘管真熊很懷疑現代科學是否真能做到這種事，但她也只能接受事實。「凶手」就是這樣的人。

真熊哼了一聲。

「來這套也未免太差勁了吧。」

（16／22）

幽鬼平安迎接了第四天早晨。

繼昨晚後，她又一次徹夜未眠。雖然摘除了裝置，使她被「凶手」盯上的機會變得很低，但為了保險還是不睡了。再說白天補過眠，她想睡也睡不著。又一次躲過「凶手」襲擊後，幽鬼在日出的同時前往古詠的小木屋。

結果，這次不是第一個。

「嗨。」

是真熊。和昨天的幽鬼一樣在門邊等，對她打招呼。

「……妳好。」幽鬼回答。

「咦，妳也發現啦？」真熊見到她位置相同的包紮而問。

「不是靠自己發現的啦……」

幽鬼往窗邊的古詠看。她穿著棉襖，看不出摘除裝置了沒。就算沒發現，見到真熊和幽鬼的情侶裝之後也會很快就觸及真相吧。

兩人坐到桌邊沒多久，藍里和海雲也來了，還差一個就達到昨天的倖存者數。

「那走吧。」真熊站起來，沒人問她要去哪裡。

（17／22）

日澄遇害了。

在她的小木屋，死得七零八落。本該是駭人至極的畫面，但分屍情況與昨天和前天並無二致，沒有對幽鬼的腦造成多大震撼。

「第三個了。」

古詠說。

「所以……遊戲結束了嗎？什麼也沒發生耶……」

海雲隨後問。

「可能不管『凶手』要殺幾個，都要等一個星期吧。」

藍里冷靜地說：

「又或者根本還沒結束，需要殺四個人以上……」

「結束了的話，『凶手』可以公布身分了吧。」

真熊說：

「既然沒有，保持警戒會比較安全。」

「…………」

幽鬼什麼也沒說。

日澄，一個氣質奇異的玩家。那樣的氣質和遭到嚴重肢解的屍體，讓幽鬼懷疑她繼承了伽羅的衣缽，結果她就這樣死了。既然分屍是為了掩飾裝置的存在，應該是可以當作自己想太多了。

可是，幽鬼的不安仍未退卻。到頭來，「凶手」究竟是誰？為何遊戲還沒結束？難道除了裝置以外，這場遊戲還有其他祕密？

（18／22）

今天玩家們又是在命案現場開會。

第二次了，眾人都輕車熟路。收拾好日澄的屍體和房間後，互相報告昨天的經歷。古詠和海雲待在小木屋裡，真熊在她樹林裡的據點。藍里說出自己在屋裡摘除裝置，然後回到林中據點。幽鬼也如實報告昨天經過，兩人都沒有刻意隱瞞摘裝置的事。畢竟五人有三人在同樣位置包紮，想瞞也瞞不住。

定期回報結束後，藍里提議給古詠和海雲搜身，以查出她們究竟是不是凶手。結果，兩人體內都有植入裝置。已經摘除裝置的玩家——幽鬼、藍里和真熊，也都返回各自據點將裝置拿過來，以示清白。

「……現在是什麼狀況？」古詠說：「活人身上都有裝置，不就表示『凶手』不在我們這裡面嗎？」

「嚴格來說，我、幽鬼和真熊——已經摘除的人嫌疑還沒撇乾淨。」藍里解釋道：「蜜羽和日澄屍體裡的裝置都被拿走了。在自己身上弄出傷口，再把東西拿過來，就能做出偽證。」

的確是有這種可能，但只要調查傷口就會穿幫。若真的曾植入裝置，體內會留下相同形狀的凹洞，只是製造傷口是瞞不了的。

「所以說，『凶手』不是玩家吧。」幽鬼說：「不然無法解釋永世遺體消失之謎……」

「……那她就是躲在某個地方吧。」

集會在仍留下幾個問題的狀況下結束了。

解散以後照樣是真熊先走，其他四人留下。「古詠。」幽鬼對她說：

「有件事，想跟妳單獨聊一下。」

「……跟我單獨聊？」

古詠重複了一部分。

表情明顯是在警戒幽鬼。這是當然，死了三人並不保證遊戲會就此結束，有需要盡可能避免和玩家獨處。

「……不單獨其實也行啦。」

「這件事有需要那麼隱密嗎？」

「對——跟我的師父有關。」

白士，在「CANDLE WOODS」殞命的，幽鬼的師父。

「古詠，妳說妳從師父那聽說過我的事，所以妳跟她認識吧……」

「對呀，我們很熟。對妳也跟對她一樣熟。」

「……那她是怎麼說我的？」

幽鬼在藍里和海雲的視線下略顯尷尬地問。

她已經好奇很久了，只是跟遊戲無關，不敢拿出來講。現在算是告一段落，不必那麼拘束了。

「她說了妳很多，要簡短總結的話嘛……」

古詠花了幾秒挑選字詞後——

「就是個傻徒弟。」

給出了這樣的答案。

「懶惰蟲。腦袋空空。只靠天分玩遊戲，大放異彩後就會立刻消失的類型。她大概就是這樣批評妳的。」

「……這樣啊。」

幽鬼有點沮喪。

喔不，其實那都很中肯。「CANDLE WOODS」當時，幽鬼就是能以此總結的小人物。

古詠嘻嘻笑起來。

「所以妳還是會介意這種事啊？」

「這個嘛，會啊……」

「我遇到永世的時候，她也很快就問我相同的問題。妳們想的都一樣耶。」

幽鬼頭上冒出一個大問號。

「妳說永世？為什麼？」並開口問。

「什麼為什麼，妳們是同門啊。」

「同門？」

「喔？妳該不會不知道吧？」

古詠頗為意外地說：

「她是妳的師姊耶。和妳一樣，拜白士為師。」

「……真假？」

幽鬼驚訝得不禁用出了平輩語氣。

「是啊，現在才知道啊？」

「現在才知道。」幽鬼點點頭。「我完全沒聽說，白士除了我以外還有其他徒弟……」

「想也知道不會只有妳一個啊。人家可是破關九十五次的大神耶，有多名徒弟是很正常的事。」

有道理。白士從沒提過幽鬼有師姊妹，所以想都沒想過。

「不過她本來就不會去特別招收徒弟……最多的時候也不到五個吧？現在還活著的不曉得還剩幾個……」

「……這樣說來，還滿諷刺的。」幽鬼說：「居然跟師父一樣的死法……而且還死得那麼慘。」

這次換古詠頭上冒出問號了。

「那是什麼意思？」

「咦？就是，永世她不是被拆得亂七八糟嗎？師父也是那樣死的，所以我才會覺得很諷刺……」

古詠愈聽愈迷糊。

「……？妳是說白士死了？我怎麼聽不懂？」

「咦？」

「她還活著啊。我們上星期才一起喝酒耶。」

（19／22）

幽鬼人都傻了。

「……啊？」

「我們在經常去的酒吧聊了一、兩個小時，有聊到妳跟永世的事。說妳突破三十次了怎樣怎樣。」

「呃，那個……咦？」

幽鬼抱起了頭，幾秒後抬起頭問：

「那個，我先確定一下。這裡說的『師父』是白士沒錯吧？」

「是啊。玩家名稱白士，本名記得是白津川。」

「她……還活著？」

「妳是哪個字聽不懂？不信的話，要不要遊戲結束以後直接去找她？告訴我怎麼聯絡妳，我就幫妳介紹。」

「呃，因為……她也被分屍了耶，被一個叫伽羅的殺人狂。那樣子剛好跟永世和蜜羽一樣……像肝臟也整個跑到身體外面去了。她是要用哪裡分解酒精啊？」

「……有這種事？我只聽說她在『CANDLE WOODS』以後就退休了，完全不知道她受過那種傷。」

說著，古詠眉頭一緊。

「等等？這樣說來……」

幽鬼大概也是類似表情。兩人將明瞭的事實一一整理起來。

師父曾被嚴重分屍，卻還能活著。

她的徒弟，有同樣的死狀。

而遊戲目前明面上找不到嫌犯，陷入矛盾。

幽鬼和古詠異口同聲地說：

「該不會——」

（20／22）

懸崖底下。

渾身繃帶的玩家爬了起來。

（21／22）

在這座島嶼外圍，由波浪沖刷出來的懸崖下。

有個勉強可供一個人躺下的空間。整片都是岩石，睡起來難受到不行，而且下到那裡也有物理上的危險，正常玩家不會選擇那裡當據點。

反過來說，那裡是不正常玩家的絕佳巢穴。

渾身繃帶的玩家爬了起來。

她拾起放在一旁的電子機器和開山刀。兩樣都是四天前主辦方為製造優勢交給她的。

機器的黑色螢幕映出了那名玩家的臉。大概是睡覺時風吹散了她臉上的繃帶，露出了頂端部分。

露出了棉花糖般的泛藍頭髮。

八名玩家中，只有一人有這樣的頭髮。她是白士的徒弟，挑戰第五十次破關紀錄的高手永世。

她，就是「凶手」。

（22／22）

4. CLOUDY BEACH（第44次）——第四天～第八天

（0／22）

學習。

永世這玩家的強項，可濃縮在這兩個字裡。

從他人、從過去汲取教訓，用於未來。比起為了順利進行遊戲而自己去試誤，她更喜歡看人試誤。不只是喜歡，她的學習能力也十分優秀。在這個一次失敗也不允許的遊戲裡，這樣的資質可說是走在正道正中央。

有九十五次破關經驗的玩家白士，對她而言是最棒的教材，自然就拜她為師了。為求生存，第一要務就是模仿白士的一切。不僅是她指導的每一件事，她平時的舉手投足，以及透過地下管道弄來的遊戲錄影——包含「CANDLE WOODS」在內的每一場，都是永世的教材。在這些學習項目中，當然也包含那種肉體改造，也就是即使被殺人狂解體也能生還的不死之身。為了達成這點，永世不得不放棄絕大部分的原生肉體，但這根本不算什麼。想高人一等，就得做出比別人更多的犧牲。

結果證明這是正確的選擇。永世的破關數順利上升，「三十之牆」過得輕而易舉，站上「CANDLE WOODS」以前都很稀少的五十層級。

而這次，就是第五十次遊戲。

在這場紀念性的大關卡中，永世遇到了一件從未體驗過的事。在遊戲開始前，她就事先知悉了遊戲規則——這次是以海上孤島為場地的暴風雨山莊型遊戲。殺人狂將混入玩家之中夜夜殺人，使玩家一個又一個地減少，而永世就是扮演這個「凶手」。

為平衡單獨與其他玩家對立的劣勢，永世獲得了兩樣物品。一個是稱作開山刀的中型刀，另一個是小型機器。「凶手」以外的玩家似乎都植入了某種裝置，可以透過這台機器隨時了解她們的位置。且不僅有定位功能，還能遙控裝置產生電擊，暫時麻痺玩家。每次使用之間有二十四小時的冷卻時間，想利用電擊殺人，一天只限一個。永世知道，這是為了營造暴風雨山莊連續殺人事件氣氛的安排。

其他細部規則包含遊戲為期一週，永世必須在期限內殺死三名以上玩家。方式不限，用不用電擊也隨她。但必須確實「殺害」——也就是讓其他玩家看見屍體，不能只是「失蹤」。過了一星期，主辦方就會派出救難艇接人，其他人的破關條件就是搭上這艘船。若永世未能在那之前殺害三名玩家，就會被船上一眾專員處決。

得知規則後，永世開始思考。遊戲為期一週，只需要殺三人。利用裝置優勢，一天能殺一人。就算身分曝光，在規則上也無所謂，但最好還是避免——

檢討到最後，永世做出捨棄第一天的結論。

她要讓自己成為第一個受害者。在白天說這次可能是逃脫型，故布疑陣之後，當晚就把自己解體了。不是單純殺死，還破壞成那樣，有兩個理由。一是加深自己死亡的印象，二是替日後方便從玩家屍體取走裝置鋪路。即使四肢分家，各種內臟也都暴露在外，施予她身上的「處置」仍使她活了下來。永世完完全全蒙蔽其他玩家的認知，取得自由。

下一夜，永世開始進行遊戲。

她選擇蜜羽作她第一個目標。在只需要殺一定人數的情況下，一般是從弱的開始殺，但考慮到裝置的存在，情況就不同了。需要在玩家察覺裝置存在前——遊戲的早期階段消滅強者。因此，她將蜜羽選為頭號犧牲者。雖沒想到她這麼快就摘除了裝置，但仍趁她發現自己是永世而錯愕時成功反擊得勝。

第二人，原先是想找真熊的。她有無人能及的肉體優勢，永世卻有輕鬆剋制她的手段。永世在過去遊戲中見過她幾次，對其能力有所了解這點也推了一把。可是她很快就摘除了裝置，只好作罷，將目標轉為日澄。永世知道她似乎是伽羅的徒弟，為避免又發生「CANDLE WOODS」的慘劇，原本就打算一有機會就解決她了。她也注意到了裝置的存在，但漏了腳底那兩個，永世不費吹灰之力就送她去跟伽羅師父作伴。

如此成功殺害兩人以後，第三個開始有問題了。永世從訊號的不自然動作，了解到其他玩家已經發現裝置的存在。真熊已摘除裝置是已知的事，幽鬼和藍里也多半摘除了，古詠和海雲也再過不久就會取出。失去了裝置，永世的優勢就只剩下開山刀一個。且由於把自己拆散過，狀況並不完備，和其他玩家正面交戰實屬下策。

但是——永世已經有所行動。

只要有玩家察覺裝置存在而失去優勢，早就是永世設想過的發展之一。既然有想到，當然也想好了對策。她可不是會一味依賴優勢，不帶腦玩遊戲的玩家。

於是永世進入樹林。

前往目的地。撥開偽裝用的植物，確定她從遊戲第二天就開始一點一點製作的東西就在那裡。

那是出海用的木筏。

（1／22）

有四人在小木屋中對話。

（2／22）

朝會結束後，幽鬼、藍里、古詠和海雲等四人留在古詠的小木屋內處理雜事。古詠和海雲摘除自己體內的十二個裝置，幽鬼和藍里讓其他玩家檢查她們摘除裝置的痕跡，證明那不是造假的傷口。「凶手」不在這四人之中的假設愈顯真實。

確定所有人都沒問題後，四人開始思考。思考先前浮上腦海的荒唐假設。

「……認真的嗎？」

說話的是藍里。

「妳們真的認為永世是『凶手』？」

幽鬼和古詠各自點頭。

永世，這座島上第一個犧牲者。在全身散落一地的狀況下被玩家發現，帶來巨大震撼。

幽鬼和古詠提出的假設是，這樣的人不僅還沒死，還在島上自由活動，甚至能動手殺人。結果——藍里和海雲對她們投出擔憂的眼神。

「我們非常認真喔。」

幽鬼說：「至少，我和古詠都是這麼想。」

「那個，可是永世她……」

海雲仍不敢相信。

以為死了的第一受害者其實還活著——簡直是懸疑小說的經典橋段，可是這也未免太扯了。畢竟永世死得是分筋錯骨，內臟排在地上，明顯是不需要判定的死亡。正常情況下，很難認為那樣的屍體能活過來。

可是，她們是有根據的。

「因為目前就有一個從相同狀況活過來的玩家。」

幽鬼說道：「那就是我的師父。我一直都以為她死了……」

幽鬼的師父白士，在「CANDLE WOODS」死得轟轟烈烈的傳奇玩家──幽鬼一直都是這麼想的，結果她好像還沒變成傳奇。只是從遊戲退休，人依然活蹦亂跳，還能喝酒。

「古詠。」

幽鬼問：「師父她……連自己的身體都動過了吧？」

「對。大概從八十次開始吧，身體累積的內傷累積到了極限，不得不那麼做。有很大一部分，已經不是肉體了。」

古詠繼續說：

「這個過程，讓『致命傷』三個字對她有了不同的意義。普通人會死的傷害，變得一點都不可怕了。不過被拆成那樣還能復活，實在是很誇張……」

幽鬼回想起「CANDLE WOODS」那令人戰慄的景象，白士那副被伽羅拆解的遺體。幽鬼怎麼也不懂究竟是要對自己的身體做出怎樣的改造，才能從那種狀況下生還，但她只能接受現實。

「永世是師父的徒弟，也是事實吧。」

「我是聽白士自己說的，永世自己也說過。在遊戲第一天，妳們進入我的小木屋之前。」

古詠往當時也在場的海雲看，海雲回答：「……對，是真的。」

「既然她還活著，那她的徒弟永世也很可能還活著。」

幽鬼看了看自己的左手。從中指到小指，都是人造物了。幽鬼替換的只有這三根手指，根本不知道靠肉體改造能達到不死境界。

可是，其他徒弟就不一定了。白士有可能將這個祕密傳給了她。

「這樣想的話，每件事都說得通了。」

「為什麼第一個犧牲者是遊戲次數最多，最不應該被盯上的永世呢？因為她自己就是『兇手』。需要偽裝自己的死，脫離嫌疑名單吧。那永世的屍體為何突然消失不見了呢？因為她還活著。在我們說話的時候，整理好東西溜走了。遊戲為何還沒結束呢？——因為永世還活著。」

古詠拉高音量說：

「目前犧牲者還只有兩個。如果想要結束遊戲，還得再死一個才行。」

小木屋靜到能聽見冰箱的馬達聲。

「全部聚在一起，會比較好吧。」

藍里終於開口。

「無論永世是不是凶手都應該這麼做，因為幾乎可以確定『凶手』不在這裡面了。我們就聚在一起，守望相助吧。」

幽鬼和古詠點了頭，贊成這想法。

「可是……」

還沒點頭的海雲顯得很遲疑。

「怎樣？」古詠催她說下去。

「啊，沒事，不要理我……」

海雲支支吾吾地退縮了。

幽鬼明白她想說什麼。再死一個人，遊戲可能就能結束。那麼，只要把一個人綁起來交給「凶手」，其餘三人就確定破關了。不是並非「凶手」就能信。

但是講這種話傷感情。再說就算有這風險，聚在一起的益處還是很大。永世說不定會認為一次對付四人太困難，轉為攻擊貫徹單獨行動的真熊，而且永世凶手說還不確定是否就是事實。「凶手」可能是真熊，或者並非玩家，遊戲已經在三名玩家死亡時結束了。

幽鬼很希望事情是這樣——

（3／22）

四人決定死守小木屋。

讓敵人容易辨別位置很危險，但既然決定四人一起過了，這也是沒辦法的事。四個人在樹林裡露營一樣顯眼，又要長時間停留在同一個位置，被發現的風險選哪裡都一樣。

至於地點，就選所有人都去過的古詠小木屋了。其他三人先從自己的小木屋拿飲食、衣物等生活用品過來。魚乾女幽鬼一抱就夠了，藍里和海雲都比她多上一倍。尤其是海雲，直接把櫥櫃抽屜拔了出來，還整個都塞滿了。幽鬼非常好奇那裡頭究竟塞了些什麼，可是她用床單蓋住了，幽鬼沒有缺德到敢去掀。

她們將以換班站崗的方式，在小木屋度過這一個星期。有不死之身的永世，沒有像殭屍電影那樣跑來拍窗戶，也沒有發生最先睡的一人醒來後發現人去樓空的下流背叛。

就這樣，第四天也平安過去。

（4／22）

幽鬼推開小木屋的門，來到夜空底下。

同時身子一縮，因為夜裡很冷。即使跟古詠借了棉襖穿，還是很冷。開始站崗的頭一秒就希望趕快交班了。

望向天空，是一整片燦爛的星辰。在缺乏人工照明的環境，真實的星光能夠毫無阻隔地照射地面。幽鬼從小在都市裡長大，連個會看著天文書籍心馳漫想的童年都沒有，對星星的大小事一竅不通。就只有「好漂亮喔」這種低等感想。不過藍里似乎曾是前述的那種小孩，事先給幽鬼上過了一點課，讓她至少認得出北斗七星，再藉此找出北極星。

星空不僅是美，還是種上天的贈與。從星辰的旋轉角度，可以看出時間的經過。小木屋裡沒有任何計時器具，夜哨交班時間只能藉星星的位置來判別，不知該說是浪漫還是原始。對於在寒夜底下的幽鬼而言，只能祈禱老天突然哪根筋不對，讓星空高速旋轉起來。

不久，她拋下這些傻念頭，專心工作。

瞬大眼睛掃視小木屋周圍。沒有永世的身影，也沒有其他可疑人物。且不只是看，還在四周巡邏，認真執行警備任務。繞了十圈後，腳開始能自己走自己的，幽鬼便用騰出空間的腦袋想事情。

至此，第四天也結束了。

遊戲為期一週，還有三天。開始時間是早晨，所以正確說來是三天多一點。也就是遊戲大概結束了一半。

結果今天什麼也沒發生，永世是在等什麼呢。是發現四人聚在一起，正在想對策嗎。還是認為自己不敵四人團隊，將目標轉為真熊，已經打出些結果了呢。

希望是後者。

「…………」

幽鬼繼續巡邏。

扣除氣溫，這段時間倒是很平靜。這幾天發生的林林總總，就像星光一樣閃閃爍爍。

回頭想想，這場遊戲真是壞事不斷。第二天完全敗給蜜羽，第三天完全中了真熊的陷阱。裝置也不是自己發現，幾乎是藍里告訴她的。即使處在比誰都更容易察覺永世還活著的位置，也拖到第四天才發現。在這場都是高手的遊戲裡，只有幽鬼一直在瞎忙。

永世是幽鬼的師姊，來到第五十大關，在幽鬼之上。

這是不得不承認的事實。

幽鬼無法否定在心頭蕩漾的思緒。

若情況允許，幽鬼實在不想與她交手。

真希望她去找真熊。不，如果永世根本不是凶手就更好了。真希望「凶手」另有其人，遊戲已經因為有三人死亡而結束了。

「……真丟人。」

幽鬼嘟噥著。

這樣期待、祈求一廂情願的未來，不是一個玩家應有的態度。前幾天才說什麼順利到怕的人現在縮到哪裡去了？對手稍微變強一點就這麼窩囊？太可悲了。根本是把師父的教訓忘光了吧。學學妳那個師姊怎麼樣？

她可是能親手把自己肢解的人——

「……？」

幽鬼眉頭一皺。

（5／22）

之後。

幽鬼擔心的事都沒發生，時間平靜流逝。

第五天，除了集體生活有點令人喘不過氣外，沒有任何問題。

第六天，真熊沒來參與朝會。不知是被永世殺了——還是認為沒有必要再來。真凶也有可能其實是她，故意躲起來引她們出洞，四人繼續守城。

第七天，四人開始懷疑自己搞錯了遊戲規則。會不會是第一天談到的那樣，該造木筏離開孤島呢？會不會這樣四人聚在一起，反而正中永世下懷呢？幽鬼幾個對這些問題嘰哩呱啦爭論很久，最後還是決定維持現狀。因為都第七天了，明天看看狀況再決定也不遲。扣掉這場爭論，一切風平浪靜。

終於，一星期過去了。

第八天早晨，幽鬼被搖醒。

（6／22）

她跳了起來。

用兩隻手猛力往上掀起被子，遮掩搖晃者的視線。然後只用雙腿的力氣在四人共用的床上站起來，迅速擺出戰鬥架勢。

然而，那全是白費力氣。

那人不是永世。

「妳、妳做什麼啊！」

眼前的被子扭來扭去。

掙扎了一會兒才終於扯開，露出臉來。

是海雲。

「……早安。」

道早的同時，幽鬼鬆了口氣。

太疏忽了，居然被人碰到身體才醒。這幾天是有被人叫醒幾次，但碰到才醒還是第一次。最近過得太和平，整個人都鬆懈了。

幽鬼環視房間，只有海雲和她自己兩個。隨時會有一個人在外站哨，少一個是很正常的事，那另一個是怎麼了呢，上廁所嗎？

「那個，就是，對不起。」

幽鬼向海雲道歉。

「換班了嗎？抱歉，還讓人叫。」

「啊，也不是啦……」

海雲表情複雜，像是在想自己究竟是來做什麼的。兩秒後，她的眼鼻口換氣般一起張大。

「對了！那個，終於來了！來接人了！」

幽鬼徹底醒了。

（7／22）

幽鬼在海雲帶領下急忙出外，跟著她攀爬木牆，翻上屋頂。

藍里和古詠已經在上面了。

「喔，妳醒啦。」

說話的是古詠。幽鬼沒多打招呼，直接湊到她身邊。

「真的來接人了嗎？」

「對啊，在那邊。」

幽鬼往古詠指的方向望。

爬上小木屋後，視野遼闊很多。連海灘周圍那片樹林另一端的海都看得很清楚。儘管同樣看不見陸地，卻能見到海平線上多了個一星期前沒有的東西。

是一艘船。

僅有芥子般大，但的確是船。

「這是藍里的功勞喔。」

古詠改往藍里指。

「今天早上輪到她站哨，她就一直待在屋頂上。想說有如果有船會來，應該是從另一邊過來。」

「因為這邊是淺灘嘛。」藍里說：「水太淺，船就不能靠近。所以正常來說會從沙灘的另一邊過來。」

幽鬼凝望船隻，感覺是朝這座島直線前進。在這種時候，不太可能會有毫無瓜葛的船隻經過。認為是主辦方派來的很合理。

「結果什麼事也沒發生耶。」

古詠說：「永世活著的事，該不會真的是我們亂想吧？」

「不知道……」幽鬼回答。

的確友船來接人了，可是這不代表遊戲已經結束。永世有可能計畫在玩家以為遊戲即將結束而輕忽時閃電出擊，現在還大意不得。

「那我們應該待在這裡嗎？」

海雲說的這句話，在不同觀點下，意思會差很多。

「船不會到這邊來吧？也就是說，不繞到另一邊去，就不會來救我們？」

「喔不……應該會派出小艇之類的吧？」

藍里否定了海雲的想法。

「另一邊也是一整片斷崖啊，從那裡很難登陸。我是覺得他們會搭小艇繞過來接人。」

「畢竟還有永世。」古詠附和：「離開小木屋很危險，暫時觀察一下情況才是上策。」

幽鬼也贊成。假如幽鬼是永世，就會挑玩家離開小木屋，去迎接船隻時發動攻擊。既然決定守株待兔，就該等到最後一刻才離開這裡。

絕對不是害怕永世才這麼想——應該吧。

（8／22）

船上。

永世的專員正隨船擺盪。

（9／22）

主辦方派出的救難艇，正朝舉辦「CLOUDY BEACH」的孤島快速前進，以接回倖存的玩家。

通常以搜救為目的的船隻，大多是側重速度的小艇。而目前永世的專員所搭的救難艇，比那種小艇大上許多。因為那不只是用來救人，還具備了許多功能。包含醫療設備、可以登陸淺灘的橡皮艇，以及一旦她所負責的永世失敗時，負責處決永世的武裝士兵。

當然還有遊戲結束後接走玩家的專員們。

永世的專員接到「即將抵達定位，開始值勤」的通知而離開艙房，走過船內走廊。在黑西裝外加穿救生衣，快步走向指定地點。同船的七名專員也正在做一樣的事吧。

專員在一處十字路口停下，因為有個隊伍正要通過。他們戴了頭盔、護目鏡，上下一身黑，還有手套靴子等各種護具，全身每個角落都散發著危險的氣息。他們就是來處決永世的武裝士兵。

等待隊伍經過時——

「不需要那種東西啦。」

專員低聲呢喃。

「那種東西」指的是士兵無一例外抱持的冷峻槍械。感覺空手碰一下手指就會被轟掉，就算是模型槍也要價不菲，某些人光是被指到就會自己嚇死，殺氣騰騰的衝鋒槍。

專員覺得這根本是多此一舉。這種東西，只會在永世失敗時派上用場，然後很抱歉，這種事不會發生。不會有玩家贏得過她。永世比誰都更投入、更有才華、更加謹慎，要是她都完蛋了，這世界也就沒救了。儘管心裡的話堆積如山，她也不敢往持槍集團吼出來，只能在心裡鬼叫。冒出來的，就只有剛才那一小句而已。那多半當場就被部隊的腳步聲踏碎，沒傳進任何人耳朵裡。

但事實並非如此。

「錯了——我要借用一下。」

當整個部隊離開專員視線時，有人回答了。

來自背後。「咦……」專員錯愕地回頭。

見到了永世。

（10／22）

「妳……！」

還沒叫出聲，嘴已被摀住。

「……？？」

專員嗚咽著觀察對方。

是永世沒錯。儘管纏滿繃帶難以辨認，可是身高、頭頂露出的頭髮與剛才的聲音都顯然屬於她。

「安靜，被發現就麻煩了。」

繃帶下的人這麼說。果真是永世的聲音。沒摀住專員的另一隻手移到包住繃帶的嘴邊，擺出「噓」的手勢。

見專員猛點頭，永世便放開了手。「呃……那個……妳怎麼會在這裡？」專員壓低聲音問。

永世還活著，這是理所當然的事。所以專員驚訝的不是這點，而是她變裝成木乃伊，以及船還沒到就先上船了這兩部分。

「我有事要處理，所以就先上來了。」

永世的身體是乾的，應該是造了木筏之類的吧。在沒有放梯子的情況下登上移動中的船，讓專員更是相信自己負責的玩家是個怪物。

「那個……怎麼說，總之先恭喜妳破關五十次。」

專員這麼說，沒想到永世歪起了頭。

「……？不，那還早。我現在只殺掉兩個人，還沒破關。」

「啊？呃，那妳怎麼在這裡……」

「當然是為了再殺一個。我剛不是說了嗎，『我要借用一下』。」

的確有這回事，而專員也想到了主詞是什麼。

「難道妳——是來船上拿武器的嗎？」

「對。」永世若無其事地說。

「這樣不好吧？他們可是來處決妳的耶？要是被他們知道妳還沒達成破關條件就上船……」

「沒問題的。遊戲的結束條件，是玩家被一週後抵達的船救走。在遊戲結束之前，他們發現我也不能開槍才對，不是嗎？」

話是這麼說沒錯——

「對主辦方的人下手不好吧？」

「我不認為。怎麼使用遊戲場地裡的東西，是玩家自己的自由。這次場地範圍不只是島，這片近海地區應該也包含在內。入侵這個領域的船員被怎麼樣，都不該有怨言吧。」

專員啞口無言。

無法反駁，以及不敢相信自己負責的玩家有這種想法，造成了她的沉默。

「我趕時間，抱歉了。」

永世稍微低頭這麼說。「喔，好……」專員也點點頭。

「……妳的想法還真可怕。」

並補上這麼一句。

誰會想到玩家為了破關，會奪取主辦方的武器呢。

永世的嘴動了。有繃帶遮著看不太出來，大概是在笑吧。

「與其墨守規則，進攻到瀕臨底線才符合我的作風。」

（11／22）

船已接近到會被樹林遮住的位置。幽鬼幾個爬下屋頂，等專員來接。

不久，有艘橡皮艇出現在沙灘邊緣，大概是從那艘船放下來的吧。它直線接近幽鬼幾個所在的小木屋。

幽鬼仔細觀察著橡皮艇。雖然現在已經有附引擎的橡皮艇了，不過那艘是用人力划過來的。划槳的人一身黑色裝備，但不是遊戲專員必穿的黑西裝，而是特種部隊的那種戰鬥服。臉被頭盔罩住，看不見長相。

「把臉露出來！」

古詠的喊聲響徹沙灘。

「我們不是三歲小孩，才不會跟不認識的人一起走！」

橡皮艇上的人划槳的手頓了一下。

但也只是這樣，對方若無其事地又划起來。

那怎麼看怎麼怪的反應，使四人拉開間距，為接下來可能發生的事作準備。聚在一處，有可能被對方的武器一網打盡。

「等他再靠近一點。」

藍里說：「要是再不露臉，就先躲進樹林裡。」

其他三人都點了頭。

幽鬼幾個繼續監視神祕人的一舉一動。即使受到四道視線投注，對方也仍看都不看一眼，也沒有脫下頭盔表明身分，只管默默划船。

就在幽鬼覺得該跑了時——

對方有動作了。

神祕人揹起了橡皮艇後方用布蓋住的東西並迅速轉回前方，布因此滑開，露出底下物體的真面目。

那駭人的形影，即使距離這麼遠也能一眼看出是槍。

槍口當然是對著小木屋。

槍托已抵在肩上，怎麼看都是射擊姿勢。

四人同時動身。

（12／22）

幽鬼橫向跳開。

藍里在小木屋牆角，直接躲到牆後。古詠壓低姿勢，海雲從開啟的窗口跳進小木屋。

槍聲只響了幾次。

好短啊。著地之餘，幽鬼有些意外。在漫畫或電影，那種外型的槍都是噠噠噠噠噠射個不停，她自然就那樣預想——或者說期待了，但看來現實沒那麼誇張。也因為這是現實世界，沒人因此受傷。當幽鬼重整架勢，往樹林全力奔逃時，藍里、古詠和海雲都做了同樣的事。

「太誇張了吧！」

幽鬼邊跑邊說。

「那個人——竟然跑到船上去拿槍嗎！」

根本不用想那人是誰，肯定就是永世。會攻擊她們幾個的，只有她一個。

而剛才那些裝備，也不會來自救難艇以外的地方。如果有給「凶手」配給那種東西，早就該拿出來用了。現在才看到的原因只有一個，那就是本來並不在島上。怎麼想都只會是從主辦方的救難艇偷來的，而那原本是用來處決「凶手」的武器。

背後又傳來槍聲。

幽鬼無法不回頭。所幸幽鬼自己和其他三人都沒受傷，只有沙灘上幾個點冒起了煙。倒不是永世的準頭太差，而是距離太遠。幽鬼幾個都很警戒，對方無法接近到有效射程內。

「現……現在怎麼辦！」

海雲問。手上抱了一包東西，大概是從小木屋拿來的。

「除了跑還能怎麼辦！」古詠說：「就算有四個人，也不一定打得贏槍啊！我宣布團隊現在解散！」

全速奔跑的古詠全力揮手，先前壓低姿勢而沾濕的棉襖袖口甩出水滴。

「不管她盯上誰都不能怪別人喔！知道嗎！」

（13／22）

永世跳下橡皮艇，抱著衝鋒槍往樹林跑。

如果能在這裡幹掉一個，事情就輕鬆多了，但她一開始不抱期待。那四個都是很熟悉遊戲的高手，若是靠這種偷襲——其實也算不上偷襲——就能打倒，她也不用這麼麻煩了。

她們應該都已經知道船來了，所以才會逃進樹林。要是被她們逃掉，永世就宣告GAME OVER了，豈能縱放。

永世踏進樹林，追尋那四人。

逃進林中其實對永世也有好處。雖然有大量遮蔽物，會降低槍械的效用，但移動起來很難不發出聲音，可以輕易判別其逃跑路線。另外，永世現在不是穿泳裝或木乃伊裝，是全副武裝。比起形同赤裸，還得小心別被樹枝刮傷的她們有速度優勢，要捕捉獵物並不難。

那麼，要追哪個獵物呢。

根本不必多想——就是海雲。

這場只是她的第十場，是四人之中經驗最少的，直接代換成最容易殺也沒問題，而且她多半還沒學到在樹林中走Z字路線閃子彈，或感應殺氣預知開槍時刻的能力。當然，現在永世有這麼多裝備，殺誰都不吃虧，不過這種時候就是該從最好殺的下手。雖然因為裝置的關係先留她一命，但也到此為止了。永世現在要把這條命收回來。

永世很快就追上她了。

海雲至少感覺得到有人在追的樣子，回頭看過來。永世把握她速度稍降的這一刻，將衝鋒槍指向她。

連續開火。

距離夠近，用的是全自動射擊。海雲奮力一跳，撲向一旁大樹後方，而永世清楚看見她的腳中彈了。

「……！」

海雲發出不成聲的慘叫。

腳部中彈，逃不掉了，事情也變得簡單多了。永世目不轉睛地盯著海雲，換下空彈匣——

可是她不得不停止動作。

因為前方有殺氣沖來。

永世抬頭一看，發現海雲從樹幹後露出七成身體，雙手併在一起。

不是在求神拜佛。她手上握著槍形的東西。

扣在扳機上的手指，動了。

（14／22）

永世下意識躲避。

槍聲很小，引起她的注意。好奇的她順著閃躲的動作轉動半圈，看清是什麼擊中了後方樹幹。

是那個藥錠大小的裝置。

槍聲只有一次，卻有兩個釘在樹上，且都連接著電線，另一端連到海雲手裡的槍上。

是電擊槍。射出電極的那種。「凶手」永世的配給物和剛那艘救難艇上，都沒有這樣的東西。從組件含有那個裝置來看，不管怎麼想，都只有一個出處。

「——妳自己做的嗎？」

永世驚訝地問，而海雲沒有回答。

仔細一看，那把槍非常簡陋，一副急就章的模樣。不會錯，是土製手槍。島上有供電，也有許多家電製品。只要有那方面的知識，做出電擊槍也不是不可能。

永世開始回想海雲在遊戲中的行動。即使沒能直接監視，好歹也用定位器觀察過。第二第三天，海雲都窩在小木屋裡。對她為何足不出戶的疑惑，現在得到了解答，就是為了製造那個。從含有裝置來看，那應該是第四天以後的事。而武裝自己的想法，多半是在更早以前——說不定從遊戲一開始就有了。

在永世驚訝之中，海雲丟下了槍。

然後掏出第二把。

槍口還沒瞄準，永世先有了動作。不是向前，是向後。像海雲一樣，躲到樹幹後。海雲是自知打不中吧，沒有槍聲，自然也不會發生她那樣腳部中槍的事。

失算了。永世心想，沒想到她居然做得出那樣的東西，對頭腦有點自信的永世也辦不到。真的是人不可貌相。

那麼，那把槍威力如何呢。土製槍枝——印象中通常威力都低於制式槍枝，但在電擊方面可就反過來了。市售的防身器物因其性質，威力都被限制在安全範圍，但海雲的槍就沒那麼好心了吧。一旦中槍，甚至可能當場死亡。即使永世在肉體改造上投注了大量心血，她的身體也並非絕緣。遭到電擊的反應會跟普通人一樣——不——恐怕更為致命。

於是永世無奈地下了結論。

退得更遠。且一退再退，逃出這裡了。知道海雲有武器——失去攻擊她的理由後，撤退才是上策。

不用心急，還有時間，足夠她去找其他玩家。

（15／22）

永世的殺氣消失了。

動靜也消失了。

這讓海雲整個人垮了下來。原本就坐著的她癱得更低，趴在地上。

握在左手的小手槍進入視線中。

她茫然扣下扳機，發出滑稽的啪咻一聲，同時曾經藏在她體內的小型裝置彈了出來。

「……得救了……」

海雲咀嚼著生存的喜悅，喃喃地說。

然後將自己的絕招——只能射出裝置的小手槍扔了。

說穿了，她只是虛張聲勢。她是很想做出真的能射出電極的手槍型電擊器，最後還是失敗了。她雖念過電子科系，但第二年就輟學了，沒有那種程度的專業知識。書到用時方恨少的感覺，從來沒這麼強烈過。

無奈之下，海雲只好把外觀弄得像一點，嘗試嚇唬永世。「凶手」用那個電擊裝置殺了兩個人，裝置的可怕應該會在她的潛意識裡紮根，所以能逼退她——想是這麼想，結果真的奏效，真是太好了。看來五十次級玩家也無法練就讀心能力。

海雲翻了身。

改趴為仰。

手按在跳個不停的心口上。此時充斥她心中的情緒，大半是恐懼。她的嚇唬對象是等級遠比她高的玩家，緊張是再正常不過。但與此同時，她也無法否認這帶給她某種亢奮。人好像都快飄起來了。這就是所謂的「腦汁流個不停」，真的有這種感覺。被大學和社會掃地出門以後，一回神就踏進這一行的她，到這一刻才第一次發現自己說不定有所謂「詭道」的才能。

想著想著，脈搏逐漸恢復正常。海雲拖著中槍的腳，趕往救難艇。

（16／22）

——有槍聲。

在林中奔跑的幽鬼心涼了一下。

聽得很清楚，這表示永世與她的距離就是這麼近。目標是誰？結果怎麼了？成功殺死玩家了嗎？遊戲結束了沒？

槍聲沒有持續，很可能真的結束了，但幽鬼仍未停下，因為上船比知道結果如何更重要。幽鬼是以最短距離前往島的另一邊，卻被槍聲逼得改變路線。在遠離槍聲的同時，往船的方向稍微多繞點路。

可是——

「……！」

不久後，幽鬼感到殺氣。

她立刻動身閃避。

千鈞一髮，腦後馬上傳來高速飛行的物體穿過頭髮的感覺，接著她像獨角仙似的貼在附近最大的樹幹上找掩護。

幹得漂亮——幽鬼不禁稱讚自己。她在感應殺氣上頗有自信，但這次是連槍擊都躲過了，她自己也嚇了一跳。幽鬼試著讓不知是因為喜悅還是驚悚而加快的心跳慢下來。

然後往子彈來向探個頭又縮回去。看不見永世，不知是太遠還是躲起來了。無論如何，那肯定不是流彈，因為有過比子彈還快的殺氣。

「……只好拚一拚了……」

幽鬼額頭抵著樹幹說。

她一直有種事情會變成這樣的預感。

她也不希望這樣，但她知道已經避不掉了。

幽鬼的師姊，永世。

不跟她拚個妳死我活，結束不了這場遊戲。

（17／22）

永世不禁咂嘴。

因為獵物不乖乖讓她殺。她已經盡可能壓抑殺氣了，結果還是被她以毫釐之差閃過。幽鬼和永世一樣，都是受過白士薰陶的玩家，果真沒那麼容易死。

不過永世仍不打算改變目標。另外兩個——無論藍里還是古詠，實力都無疑是同樣堅強，去找她們也不保證能在她們上船前殺到。況且——這樣的狀況，讓她感到這是場宿命之戰。遇上自己師妹的事實，被她解讀成命運女神給予的恩賜，要她在這裡擊潰對方。

那我就照辦吧。她想。

（18／22）

這幾天，有件無法接受的事一直纏繞在永世心頭。那是遊戲第一天，古詠對她說的話。

古詠，從「CANDLE WOODS」之前就已經存在，且是白士的盟友，要永世不感興趣也難。遊戲一開始，永世就在古詠邀她進小木屋時，問師父是怎麼評論她的。

「動歪腦筋的天才。」

古詠回答：

「她說妳頭腦確實高人一等，但或許是因為如此，很容易會有令人跌破眼鏡的誤解。是那種會風光一時，最後走向自滅的類型。」

「……這樣啊。」永世說。

「不用太在意啦，她以前就沒在客氣的。」

沒有受到師父讚譽的事實，確實讓她很沮喪。但真正刺痛永世的，是接下來的話題。

「對了……剛才看到的人裡面也有一個有她的感覺。就是那個像女鬼的。她該不會就是幽鬼吧？」

跟隨古詠去小木屋的路上，永世也在沙灘上見到了其他四人。幽鬼的確就在那裡面。

「是沒錯，怎麼突然提到她？」

「？因為她也是白士的徒弟呀，妳不知道啊？」

永世曾在過去場次中見過幽鬼幾次，但完全不知道這件事。對方大概也是。

「不曉得她是怎樣的人。白士她好像滿看好她的……」

——一聽古詠這麼說。

永世心裡就湧出一種難以名狀的感覺。

「為什麼？」

話脫口而出。古詠全然不知永世心中震撼似的回答：

「她說因為她是女鬼，已經死了，所以不會再死什麼的。」

永世說不出話。

至少傻了十秒吧。古詠也不可能看不出她的震驚。

「啊，沒有啦。」古詠對她說：「我想這不表示白士她不看好妳喔？妳場次不是比她多嗎？所以她對妳的期待應該比較多。」

永世不覺得這有安慰到她。

從過去的遊戲，永世十分了解幽鬼這名玩家的能力。是滿有慧根，但永世覺得她遠不及自己腳下。然而自己的評價是「自毀型天才」，而她卻是「值得期待」？開什麼玩笑。這種事她無法接受。

茫然的心，逐漸往一個方向凝聚。

師父什麼都不懂。退休一年半，連識人的眼光都蒙塵了。我走在正道正中央，這是正確的選擇，一點錯誤也沒有。所以才能來到第五十次，所以現在才能像這樣占據優勢，再怎麼樣也不會輸給那種女鬼。

我要摧毀她，證明給妳們看。

（19／22）

這幾天，幽鬼一直很在意一件事。

那就是永世對這場遊戲的盤算。第一天，她在小木屋裡肢解自己，偽裝死亡，

所有玩家都被她徹底騙過了——但幽鬼卻覺得，白士的徒弟不該耍這種把戲。

即使白士是破關九十五次的傳奇玩家，這紀錄對她而言卻跟織到一半就放棄的圍巾一樣毫無價值。她的目標只有一個，那就是破關九十九次。但是就在只剩四次時，她不幸死亡。即使最後似乎沒死，仍然退休了，想是狀況不適合回歸遊戲吧。破關近百次所累積的內傷，使得她無法達成夙願。

永世應該也知道，自己可能會重蹈覆轍。

那麼——她就不應該採取這種主動傷害自己的戰法才對啊。

可是她還是這麼做了。犯了一個天大的錯。永世看似支配了這場遊戲，卻留了個細小的漏洞。

這讓幽鬼覺得有勝算。

可以成為她挑戰五十級玩家的理由。沒錯，她並不完美，會犯錯，情緒會波動。說不定在幽鬼不知道的地方發生了失誤，不要自己嚇自己，誇大敵人。只要按部就班，就打得贏。

那不死之身的肉體，並沒有吸血鬼或喪屍那麼頑強，就只是很難死而已。證據就是她一直拖到遊戲快結束了才去弄武器，這表示她想避免直接戰鬥。只要能搞定那把槍，勝算就會大增。即使殺不了她，也能癱瘓其行動能力，逃到船上。

幽鬼走出樹幹。

往既定的目的地拔腿就跑。

（20／22）

一刻也不能停。只要稍有停留，就會被擊中。

同時不能直線奔逃。被永世預判路線，就會被擊中。

幽鬼要不時找掩護，不時跳脫模式來行動，感應殺氣驚險躲避。這樣持續閃避槍擊的技術若寫成教戰手冊，說不定會改寫陸戰常識。而這般表現，幽鬼持續了好幾分鐘。

若能就此逃到船上，自然是最為理想，但不太可能有這種事。於是幽鬼往完全不同的地方前進，那裡是永世的死地，也是幽鬼的死地。

地上插了許多削尖的竹子。

那是真熊的陷阱。

她的據點就快到了。

幽鬼不是想找真熊幫忙。她多半已經不在這裡了，早就到救難艇上去了。可是，她親手打造的作品都還留了下來，可以借來一用。

不是想把永世引進陷阱。

正好相反。

「我才不會乖乖被妳殺！」

幽鬼大叫。

直接公布她的計畫。

「與其被妳殺掉——我不如自己去死！」

（21／22）

這是賭命。

假如永世的過關條件是三名以上玩家「死亡」，這個宣告就沒用了。要死儘管去死，滿地陷阱自己挑。幽鬼GAME OVER，永世獲得破關五十次的稱號。

但是——如果不是「死亡」而是「殺死」，結果會如何？情況就逆轉了。永世必須保護幽鬼不被陷阱殺死，因為獵物自殺會害她無法達成過關條件。

在幽鬼看來，永世的過關條件八成是「殺害」，畢竟這是暴風雨山莊式遊戲。且現在錯過幽鬼，恐怕沒時間再找下一個目標。幽鬼的生死，與永世自己的生死直接相繫。

完美的計畫。

唯一的問題，是幽鬼可能跟永世同歸於盡。

因此——必須再加一道工。

幽鬼的腳陷了下去，周圍一公尺的地面也一起崩塌。是陷坑。和幽鬼第三天中的一樣，底下插了一堆尖竹。所以她拚命貼緊邊緣，十隻指頭都插進土牆，才避開摔到坑底插成蜂窩的命運。

但是坑外的人看不見實情。

所以永世不得不往坑裡看，查明幽鬼的生死。如果還有氣，就要把「刺死」改成「槍殺」。透過土牆的傳導，幽鬼能聽見永世的腳步聲接近。她蜘蛛似的迅速且安靜地攀爬陷坑的牆。

永世的影子蓋上了幽鬼。

同時，幽鬼的手抓住永世的腳。

將她用力拉倒，爬回地面，要用盡所有力氣奪走她的衝鋒槍。不出所料，她的體能不怎麼高，很輕鬆就成功奪取武器。沒時間看說明書了，幽鬼先往永世扣下扳機再說。

子彈瞬即傾巢而出。

不到兩秒就打完了。後座力比想像中強得多，槍口不受控地往上飄，只有一半擊中永世。距離這麼近，永世當然是吃了幾口土，但果然是沒那麼容易造成致命傷。她很快就俐落起身，拔出開山刀往幽鬼砍來。

幽鬼以槍身擋下。

然後連開山刀也搶走，往全身配備特殊部隊裝備卻唯一保護不夠的脖子刺下去。永世倒下了，但還是能動，想把刀拔出來，於是幽鬼騎上去阻止。雙方以拳互毆，但幽鬼似乎打哪裡都不對。

「哪裡才是要害啊！王八蛋！」

幽鬼沒有因為口出惡言罵人而停止攻擊。她一面壓抑永世反擊，一面扒開她的裝備，拆開底下的繃帶。只見她的身體跟科學怪人一樣，有一條條的縫線。幽鬼直接將手插進縫線，扯出第一個摸到的東西，是肺。再挖一次，這次是心臟。這下幽鬼開始一左一右插插扯扯。肝、胃、小腸、大腸、腎臟，連一時叫不出名字的也全都拔出來了。不曉得是什麼構造，全都像摘葡萄一樣一扯就斷。難以置信的是，永世失去所有內臟以後也還在抵抗，逼得幽鬼往骨肉下手。即使已經習慣殺人，如此徹底破壞人體還是第一次。累死人了，真虧那個殺人狂可以拆個不停。幽鬼甚至對伽羅產生了些許敬意。

終於，永世不動了。

幽鬼也停下了手。

不像是裝死。多等了一會兒，永世也沒有任何動靜。

「……GOOD GAME。」

幽鬼這麼說著抹去滿手棉花，就此離去。

（22／22）

5. LEAVE THE FRONTLINE

（0／4）

幽鬼平安抵達了救難艇。

她的專員似乎都是在船上看著監視畫面等候，立刻就出來迎接她。船上有醫療設備，不過幽鬼除了取出裝置留下的傷口以外並無大礙，甚至連檢查都沒有就送進客艙了。

一進房，她就馬上躺平。肉體傷勢淺，疲勞造成的心理傷勢倒是不小。她就這樣一路爆睡到救難艇入港，根本不曉得遊戲結果怎麼樣。還有誰上了船，自己是否真的殺死了永世等問題，都能在專員開車送她回家時問，但幽鬼沒那麼做。

只要活著，遲早會遇到。

（1／4）

死守小木屋時，幽鬼跟古詠問了這個地方。

見面的日期和時間，也都事先約好了。幽鬼在一般人關燈休息，夜貓子開始活動的時間來到這裡。

這是一家魔術酒吧。

可以邊喝酒，邊看魔術表演的地方。原以為師父去的酒吧一定相當高級，結果還挺普通的。地段算不上都會區，還小小一間。幽鬼進門一看，發現不到十個座位的狹小酒吧裡只坐了一個人。

「——好久不見。」

她的語氣聽起來，對自己失蹤這麼久似乎不抱一絲歉意。

她的身材高挑，留著一頭大波浪長捲髮，那副體態優美得彷彿連一公克的贅肉也沒有。氣息毫無破綻，聲音莫名響亮。光是存在就能改變氣氛，具有某種無與倫比的特質。

是白士沒錯。

幽鬼一年半不見的師父。

「……好久不見。」

幽鬼這麼說之後在她身旁坐下。

老實說，幽鬼一直是半信半疑，畢竟她親眼見過白士的屍體。失去血色的內臟和破碎的骨骼都看得一清二楚。即使見過永世復活，還是會忍不住懷疑是不是哪裡搞錯了。

可是一見到白士，那些猜想就煙消雲散了。絕不是長得像而已，有這種氣息的人物，找遍整個地球都不會有第二個。說來丟人，幽鬼心裡在這一刻冒出了「一輩子比不過她」的消極想法。遇到真熊或永世都沒有萎靡得這麼厲害。甚至不敢相信一年半前的自己能與這樣的人正常對話。大概是隨著等級提升，開始能感到程度差距了吧。

「自己隨便點。」

師父推了張酒單過來說。

「我請客。」

「……謝謝師父。」

話說，最近這國家的法定成年年齡降低，幽鬼已經是貨真價實的成年人，但飲酒年齡好像還是定在二十歲。即使她本來就是法外之徒，不覺得喝點酒有什麼了不起，這裡還是點了無酒精的可樂。

點完以後，幽鬼看了看周圍。並非觀察店內情況，是在找古詠。她聽說這次是白士、古詠和幽鬼的三人聚會，古詠是有事耽擱了嗎？

到頭來，她還是沒現身。幽鬼只好和師父一起體驗魔術酒吧的魔術部分。兼任酒保的魔術師技術確實了得，難怪師父會成為常客，只是幽鬼無法單純欣賞表演，她一直在想該對自己的師父說些什麼。在她心中，師父是死了一年半的人了。請古詠約是約出來了，但完全不曉得該說什麼才好。

「那個，師父。」

在魔術告一段落時，幽鬼決定豁出去。

「怎樣？」

「那個……妳還活著啊。」

「是啊。」

「我是之前遊戲裡遇到古詠，才知道這裡的。」

「嗯，我有聽她說過。」

說得也是，根本沒必要說。

「妳跟永世拚了一場啊。」

「……對。她跟妳一樣，變成不死之身了。」

「好像是這樣。」

「好像？……不是妳教她的喔？」

「怎麼會。我不是也沒教妳嗎，那是她自己查出來的。」

白士拄頰的側臉，蒙上一層陰影。

「師父。」

「怎樣？」

「我跟永世，妳比較希望誰到這裡來？」

使用不珍惜自己身體的戰法，不適合作白士的徒弟——

幽鬼是以此為根據對戰永世，並且獲勝，但實際如何依然不明。師父是比較希望哪一個活下來呢。

白士吁口氣說：

「永世。」

幽鬼的心臟縮了一下。

「——如果我這樣講，妳會請客嗎？從現在開始。」

「……不會。」幽鬼搖了頭。

「那就對啦。」

白士繼續說：

「妳已經不是我的徒弟了，不用去管外人的眼光。」

（2／4）

喝完一杯可樂，幽鬼就離開酒吧了。

幾分鐘後，另一個客人跟她換手似的進門。是二十幾歲卻有老婆婆氣質的女子，古詠。

「嗨。」「喔。」

經過平淡到不行的招呼，古詠坐下了。

「妳是故意晚來的吧。」

「是啊，想讓妳們獨處一下。」

古詠嘻嘻笑起來。

「說起來，這次真的好巧喔。妳的兩個徒弟在遊戲裡對上了。」

「主辦方會刻意去配合玩家等級嘛。雖然機率很低，但不是不可能……妳這傢伙沒有故意搗亂吧？」

「我才沒做那種事咧……應該吧。」

白士倒是不敢領教。

古詠將雙手放到桌上，再把下巴擺上去。

「總之，我以後不玩了。」

古詠說：

「久久參加一次，卻發現玩家等級提升很多，還多了一堆什麼裝置啊永世這些莫名其妙的東西，最後跑得掉也只是運氣好而已……真的是跟不上時代了。我看我已經不行嘍。」

「膽小是一件好事。」

「膽小」，這就是古詠的風格。這種人格在日常生活中是一種缺點，在這遊戲裡卻成了美德。古詠的玩家能力平平，就只有對死亡的靈敏度高人一等。白士也有感應殺氣、嗅出陷阱的能力，古詠的能力卻與這些有明顯區隔，近乎能夠直接看見命運、未來的感覺。當初她就是以一句「感覺有點恐怖」避開使白士止步的遊戲「CANDLE WOODS」。老實說，白士很尊敬這樣的天才玩家。

既然這樣的人說不行了，那就是真的不行了吧，沒有白士置喙的餘地。

「妳就拿這些獎金當本錢，去玩玩股票吧。」

「不要啦，很恐怖耶……話說妳跟幽鬼見面以後，有什麼感想？從傻徒弟畢業了沒？」

「她已經不是我徒弟了，所以就是個傻蛋而已。」白士回答：「她還問我，我比較希望她還是永世贏咧。傻到一個不行。」

「妳真嚴格。」

「這就是我的風格。」

白士仍為玩家時的風格——是「否定」。

若說她的才華，那必然是挑毛病的能力。自己的缺點找都不用找，隨便列就是一大堆。對那每一個打上「NO」，一一消除弱點，就是白士的生存之道。

總結來說，就是個看法非常負面的人。

「現在不流行那樣了啦。」古詠調侃道。

「所以我才乖乖退休啊。」

「然後交棒給幽鬼是吧……現在還對她有期待嗎？她好像要幫妳破九十九次耶。」

「是啊。那些徒弟裡面，清楚說出來的只有她一個而已，當然會期待。只是要退就退，沒什麼大不了。」

「我從以前就很想問妳了，為什麼是九十九，不是一百次？這個數字有什麼意義嗎？」

「妳說呢。」

白士裝起傻來，用感覺不到溫度的指尖傾斜酒杯，使酒精流入裝在體內的人工臟器。

「比起這裡的魔術，妳的身體還比較神奇。」古詠說。

（3／4）

離開魔術酒吧，走了幾分鐘的路後，幽鬼的手機響了。

拿出來一看，是幽鬼的專員打的。幽鬼是有給她號碼，但這應該是第一次接到她的電話。幽鬼抱著好奇與疑問參半的心，按下通話鍵擺到耳邊接聽。

「喂，有什麼事。」

「幽鬼小姐晚安。」專員語速很快。「現在方便聽電話嗎？」

「……？嗯，是沒關係。」

「我這裡接到一個還未證實的消息……想說最好先告訴您。」

「什麼消息？」

「是關於和『CLOUDY BEACH』期間舉辦的另一場遊戲……」

專員稍停片刻吸引幽鬼注意，再說：

「雖然沒有『CANDLE WOODS』那麼誇張——結果還是非常慘烈。八十個玩家幾乎死光，只剩三個。」

「CLOUDY BEACH」。這場遊戲，對幽鬼的確是一大關卡。

可是幽鬼的戰鬥仍未結束。看來在破關九十九次的路上，還有很多非跨越不可的障礙。

（4／4）

解說

カンザキイオリ

無論在哪個時代，不分男女老幼，「死」都是個具有吸引力的主題，我也喜歡這類作品。其中有些作品裡的角色，甚至會一個接一個地噴出內臟、頭腦開洞，最後是某個特定的人生還，有的生還以後還會遭逢厄運。透過這些作品，可以感受生死。在本作登場的「觀眾」，想必也是沉醉於「能在不至於事不關己的安全之處感受生死」的愉悅裡吧。

可是這並不是單純的死亡遊戲。

首先，出場角色是憑自身意願參加遊戲。從藍里為了吸引觀眾掏錢而留長頭髮等改變外貌的行為來看，可以感覺到她們是打從心底享受這種遊戲。明明是性命遭到擺布的一方，卻玩出了反客為主的感覺。

遊戲不只一次，可以一玩再玩這點也很有趣。而且不會是同一種遊戲，地點和內容都會改變，又更為特異了。或許是因為有這樣的特色，遊戲類型也會隨場次有不少改變。過去的遊戲，GHOST HOUSE（第一集）和SCRAP BUILDING（第二集），是經典且純粹的逃脫型死亡遊戲；可是到了CANDLE WOODS（第一集）和GOLDEN BATH（第二集）又變成大屠殺，例如「大逃殺」那種灑血漿的求生型遊戲。這集的CLOUDY BEACH則展現出懸疑的一面，變成高等玩家的狼人殺。

而在我看來，這部作品的重心是放在角色們青春心靈的碰撞上，以及其衍生的激情對戲。

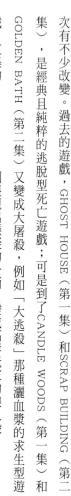

防腐處理，血液接觸空氣就會變質成棉花的設定極為特質，但輕柔地抑制了讀者對這作品中「死」的印象。當然，書裡也會有手腳遭到肢解的場景，可是會在腦裡自動變成滿地白色棉花的畫面，讓「死」變得有點可愛。這部作品雖是屬於以展示「死」當賣點的死亡遊戲領域，它的「死」卻沒那麼血腥。這是一大優點，且特別凸顯了角色們的激情對戲。

幽鬼是個薄弱得像幽靈，接觸他人時不太表露感情的人，卻有繼承師父意志的氣魄，不時也會關懷他人。隨著故事推進，或許會有不少讀者發現她其實是個暖女，根本沒那麼冷酷而迷上她的吧。而她與周遭角色之間，也不是用完就丟的關係，時而競爭，時而互助。這次還與師姊發生戰鬥漫畫一樣發自自尊與感情的廝殺，深深吸引了我。

繼承師父九十九連勝的遺志戰鬥至今的幽鬼，在知道師父還活著以後，對這目標的想法會有所改變嗎？下次會是何種類型的死亡遊戲？真教人期待不已。

解說

斜線堂有紀

相信喜愛本系列的讀者都知道，這集故事是設定非常特殊的變體懸疑。都「變體」了還加「特殊」這種贅詞的部分，還請閉一隻眼。讀過這個像是會吃人的系列，應該就會知道我為什麼會想這樣說。

這部作品有主角以例行性死亡遊戲維生的特異設定，還有各種色彩豐富的玩家攪亂讀者心思，但這篇故事卻是以規則引導讀者的對等懸疑劇。

只要思考能力和幽鬼一樣柔軟，就能從遊戲一開始明示規則中找出遊戲的漏洞。尤其是第二集的GOLDEN BATH，只要回頭看一遍，就能發現它一開始就已經在暗示雙重場地詭計，並無資訊不對等問題。另外，幽鬼那種讀者乍看之下無法理解的獨特感性——天天都痴迷在死亡遊戲裡這點，也因為「她要依從自己定下的規則而活」的宣言，變得非常容易下嚥。哪怕她是個會果斷殺死自己剛才還揹著的人，或是會為恐怕毫無意義的九十九連勝虛擲生命。

而做好萬全準備之後，踏上暴風雨山莊這種經典懸疑架構而寫出的，就是本集的CLOUDY BEACH篇。玩家們被關在無法離開的孤島，要找出夜夜殺人的凶手並生還。遊戲就是這麼單純，但徹底滿足了這系列的推理之樂。以逐漸揭露的線索去猜想遊戲輪廓與結局的樂趣，應該能讓胃口養大的懸疑愛好者也拍案叫絕。

另外，看過CLOUDY BEACH的讀者應該也會發現，本系列在懸疑作品中具有特別的優勢。那就是「可以用非常長的時間跨度來描寫事件」。

這次的暴風雨山莊裡，線索不只是屍體狀況與當時的不在場證明。第一集CANDLE WOODS裡殺人狂伽羅的存在，以及GOLDEN BATH中喪命的御城的師徒關係，都是推理的材料。正常懸疑作品中，出場角色在其他事件多次相遇的機會並不多，所以都是當場建立新的人際關係，再對照過去尋找動機。

但是，玩家們因為反覆參加神祕組織主辦的死亡遊戲，使得碰面機會增加，加深彼此的認識。結果就是，過去事件中的資訊也能巧妙成為伏筆。而實際上，師父白士在CANDLE WOODS的死狀與生還，也成了這次事件的關鍵。這條伏筆埋了超過整整一集，真的很長。見到這種手法，我也不禁讚嘆。因為是連續作品，因為有這樣的設定，讓它得以闢出新的地平線。

當然，隨著集數增加，玩家間的認識會愈來愈深。因此它也為這部作品帶來了「最新一集最好看」這麼一個理想的「規則」。

解說

冬野夜空

解說這部有病（稱讚）的作品，是一件令人非常受寵若驚的事。正因如此，我將以讀者身分（從小說家的角度）坦白說出我的想法。

讀過本作之後，我第一個感覺是「虛脫」，再來是「感謝」。感謝好像有點怪，但是以作者觀點來看，就是會不由得去感謝這部作品。

說得直白一點，小說這媒體就是種娛樂，賣錢才是正義。因為這個緣故，下筆時心裡會有各種盤算。想寫引人入勝的劇情、會擁有大量粉絲的角色、引起讀者的共鳴、寫些香豔場面讓讀者更想看下去等。每一項都是直接又有效，而愈是想娛樂讀者的輕小說，尤其是多集作品，這樣的想法會愈強。事實上呢，只要抓到幾個點，甚至只要一個，這部作品就賣得起來。

但是本作卻以真的殺死劇中角色的方式，將那些盤算無情通殺。基本上不用期待主角幽鬼以外的角色能夠活下來，對於幽鬼的個性也沒什麼共鳴的餘地。到了第

三集，才開始有角色之間串連起來的感覺，結局卻一樣是有些冰冷。雖然有制服、泳裝等「那種元素」出來意思一下，到頭來也只是裝飾。

那麼，為何本作卻刻意將應能組合起來的元素全部殺光呢？

原因很簡單，就只是為了寫出作者心中有趣的作品。不需要再有其他解釋。若將小說視為一門生意，這想法或許就不完全正確了；但是將小說視為娛樂時，不會有比這更健全單純的欲求了。

一往這裡想之後，就會覺得這部像是怪物，所謂贊否兩極、偏離常規的作品，就只是為了「寫出有趣的作品」而導致的結果而已。接觸到這種追求純粹樂趣的這部作品，同樣身為作者怎能不去感謝它呢。

第一集說的是世界觀和過去的事，第二集是難關與透露一些主辦方的事，第三集是與高手們的邂逅和開始能看見整個故事的輪廓。

本作並不算只為賣錢而寫的小說。在某方面表示這部作品難以預測（說不定連作者本人都預測不了）。另一方面，可說是比任何作品都更懷有無可限量的潛能。

這樣的作品，未來究竟會如何演變呢？在輕小說這個媒體世界中，會變化成何種面貌的怪物呢？我已經等不及想知道答案了。

後記

……老實說，看了解說以後我超慌的。

大家好，我是鵜飼有志。戰戰兢兢地，我又來主持這個單元了。

感謝各位翻閱《死亡遊戲》第三集。

這次寫法較一、二集稍有改變，用一整本來寫一場遊戲。不僅是分量，口味也有些許變化。主要是因為這次高等玩家多，需要製造氣氛，同時也想換換口味。雖然這個作品類型刺激性比較高，但人很容易習慣相同性質的刺激，必須經常加入新的刺激——不知天高地厚的我，心裡懷有這樣的信念，所以才寫出了高手雲集的孤島故事「CLOUDY BEACH」。

感謝O責編放行我這篇心想著「這樣寫沒關係嗎」而寫下的故事，也感謝ねこめたる老師應我請求畫出「實際年齡二十八歲，卻有老太婆的感覺，身穿棉襖的女孩」。同時，也要為提供解說的カンザキイオリ老師、斜線堂有紀老師、冬野夜空老師深深一鞠躬。

話說本作——《靠死亡遊戲混飯吃》也要漫畫化了。將由萬歲壽大宴會老師執筆，刊載於《月刊Comp Ace》。各方相關人士，請多多關照了。

那麼……希望我們能在《死亡遊戲》第四集見面。

克服「CLOUDY BEACH」後，
我收到一則
最新消息。
同期舉行的遊戲，
發生了玩家
幾乎死絕的慘劇。
我和曾經見過的玩家——
毛線一起調查後，
我發現殺人狂又出現了。

準備好總有一天會遇到她的我，
又接到了一則噩耗。
是關於我在
「CANDLE WOODS」
留下了深刻傷痕的右眼——
再加上夜校的
同班同學
最近在監視我，
要擔心的事層出不窮。
這當中，我又參加了一場遊戲。
主題是生者與亡者滿街跑的夜晚——
「HALLOWEEN NIGHT」

The
有時在放學路上。
有時在放學路上。
有時在南瓜田裡。
有時在南瓜田裡。
在我身凋敝之前，
在我身凋敝之前，
我都要靠死亡遊戲混飯吃。
靠死亡遊戲混飯吃。

©Taiga Shiki 2023 Illustration : Isshiki / KADOKAWA CORPORATION

美里活在貓的眼眸裡

Kadokawa Fantastic Novels

作者：四季大雅　插畫：一色

第29屆電擊小說大賞金賞作品
我與妳透過貓的眼睛相遇——

大學生紙透窈一擁有窺視眼睛就能讀取過去的能力。在無聊的大學生活中，他透過一隻野貓的眼睛，邂逅了能夠看見未來的少女——柚葉美里。透過貓的眼睛就能與過去的世界對話，令窈一感到驚訝不已，他卻隨即從美里口中得知驚人的「未來」……

NT$270/HK$90

©Konatsu Wakioka, magako 2023 / KADOKAWA CORPORATION

為何我總是成為S級美女們的話題 1 待續

Kadokawa Fantastic Novels

作者：脇岡こなつ　插畫：magako

她們天天在聊的那個真命天子其實是我？
不知不覺被美女愛上的校園後宮喜劇！

女高中生姬川沙羅、小日向凜、高森結奈，具有無與倫比的美貌，受到全班不分男女的敬重與欣羨，人稱「S級美少女」。這樣的人聊起戀情，自然引起了全班一片譁然，只有最不起眼的赤崎晴也暗自焦急。其實她們聊的那個男的都是赤崎晴也……

NT$220/HK$73

©Tsutomu Sato 2023 / KADOKAWA CORPORATION

續・魔法科高中的劣等生

魔法人聯社 1~7 待續

Kadokawa Fantastic Novels

作者：佐島 勤　插畫：石田可奈

IPU出兵到西藏向大亞聯盟宣戰！
世界危機迫在眉睫，達也的下一步棋是？

世界情勢即將大幅變化。IPU出兵到西藏，向大亞聯盟宣戰。同時日本國內也有動作，正以軍方為中心策劃派遣達也加入文民監視團。然而四夜家卻不准許達也出國。另外，大亞聯盟也繼續計畫暗殺達也，第一步就是悄悄接近一条將輝的某個人影——

各 **NT$200~220/HK$67~73**

©Tsutomu Sato 2022 Illustration:Kana Ishida / KADOKAWA CORPORATION
©TS/KC AMW/M ©TS/KC AMW/MM

魔法科高中的劣等生 Appendix 1~2 待續

Kadokawa Fantastic Novels

作者：佐島 勤　插畫：石田可奈

莉娜變身為美少女魔法戰士？深雪成為偶像？
書中角色呈現各種面貌的搞笑短篇集登場！

——昔日隸屬於STARS候補生部隊「STARLIGHT」的莉娜，部隊交付給她當成畢業課題的任務是成為魔法少女？——這是說不定發生過的可能性之一，深雪與真由美唱歌跳舞，成為偶像進行藝能活動？紀念《魔法科》系列十週年，將特典小說集結成冊第二彈！

各 **NT$300/HK$100**

國家圖書館出版品預行編目資料

靠死亡遊戲混飯吃。/鵜飼有志作；吳松諺譯. -- 初版. -- 臺北市：臺灣角川股份有限公司, 2024.06-
冊；　公分. -- (Kadokawa fantastic novels)
譯自：死亡遊戲で飯を食う。
ISBN 978-626-400-083-3(第3冊：平裝)

861.57　　113004998

Kadokawa Fantastic Novels

靠死亡遊戲混飯吃。 3

（原著名：死亡遊戯で飯を食う。3）

2024年6月17日 初版第1刷發行
2024年10月16日 初版第2刷發行

作者：鵜飼有志
插畫：ねこめたる
譯者：吳松諺

發行人：台灣角川股份有限公司
總監：呂慧君
總編輯：蔡佩芬
主編：林秀儒
編輯：黎夢萍
設計指導：陳晞叡
美術設計：周欣妮
印務：李明修（主任）、張加恩（主任）、張凱棋、潘尚琪

發行所：台灣角川股份有限公司
地址：104台北市中山區松江路223號3樓
電話：（02）2515-3000
傳真：（02）2515-0033
網址：www.kadokawa.com.tw
劃撥帳戶：台灣角川股份有限公司
劃撥帳號：19487412
法律顧問：有澤法律事務所
製版：尚騰印刷事業有限公司
ISBN：978-626-400-083-3

※版權所有，未經許可，不許轉載。
※本書如有破損、裝訂錯誤，請持購買憑證回原購買處或連同憑證寄回出版社更換。

SHIBOYUGI DE MESHI O KUU. Vol.3
©Yushi Ukai 2023
First published in Japan in 2023 by KADOKAWA CORPORATION, Tokyo.
Complex Chinese translation rights arranged with KADOKAWA CORPORATION, Tokyo.